青少年成长必读
青春励志故事丛书

彩图版

李 建 ◎主编

充满哲理的
智慧故事

ZHIHUI GUSHI

天津出版传媒集团
天津科学技术出版社

图书在版编目(CIP)数据

充满哲理的智慧故事/李建主编.—天津：天津科学技术出版社，2012.3（2019.6重印）

（青少年成长必读·青春励志故事丛书）

ISBN 978-7-5308-6877-5

Ⅰ.①充… Ⅱ.①李… Ⅲ.①故事—作品集—世界 Ⅳ.①114

中国版本图书馆CIP数据核字（2012）第048156号

充满哲理的智慧故事
CHONGMAN ZHELI DE ZHIHUI GUSHI

责任编辑：	郑　新
出　　版：	天津出版传媒集团 天津科学技术出版社
地　　址：	天津市西康路35号
邮　　编：	300051
电　　话：	（022）23332674
网　　址：	www.tjkjcbs.com.cn
发　　行：	新华书店经销
印　　刷：	三河市燕春印务有限公司

开本 700×1000mm 1/16　　印张 9　　字数 150 000
2019年6月第1版第3次印刷
定价:29.80元

FOREWORD 前言

记忆中那些美好的故事，曾经深深打动过多少心灵，成为我们成长中不可或缺的元素。那些充满了智慧与哲理的寓言故事是我们成长中最美的回忆。

寓言故事历史悠久，源远流长。它经常运用拟人化的手法，赋予各种各样的动物、植物以人的思想，给人以深刻的警示和启迪。在这套书里，我们精心挑选了六种类型的寓言故事，分别是知识、美德、情商、谋略、激励和财富。这套寓言故事不仅是向少年儿童灌输善恶美丑观念的启蒙教材，而且是一本生活的教科书。相信小朋友们在阅读的同时，既能得到文学的熏陶，又能得到心灵的启迪。

为了便于小朋友们的理解，我们为每则寓言都配上了精彩的图片，相信一定会让你爱不释手。还等什么呢？快快翻开本书吧，和我们一起走进美妙的寓言世界！愿我们把快乐和感动带给成长中的小朋友们。

目录 CONTENTS

国王的难题	6
王子与年轻人	7
班门弄斧的木匠	8
商人埋钱	10
一只金凤凰	11
泥丸里的绿豆	15
驴 脸	16
愚蠢的狼	17
父子牵驴	19
劣势与优势	20
将心比心	22
小裁缝娶公主	23
聪明的农夫	26
虎和人	27
黄毛小兔	29
孙有度换马	31
马克利	32
富翁和小鸟	33
逃出鸟笼的鸟	34
钓 具	35
旅行者	36
公牛与狮子	36
牧人和丢失的公牛	38
狮子请客	38
狐狸分食物	40
老虎和猎人	41
小兔斗狮	42
狮王用兵	43
掉进深渊的狮子	44
被谋杀的狮子	45
孩子与狗熊	46
狗熊捕"鱼"	48
老虎与蛇	49
金环蛇和银环蛇	50
与虎谋皮	51
老虎和小松鼠	53
小老虎捕鹿	54
泄 露	55
老虎和萤火虫	56
兔儿和羊羔	57
智勇双全的小兔	58
野猪的兽王梦	62
猎人与隐士	63
测试实验	65
蚂蚁搬桃	66
小猪与狼	67
不吃牛皮的小狗	70
有头脑的乌龟	71
乌龟斗狼	72
困驴的逃生术	74

小蚂蚁斗大驴	75	聪明的小老鼠	109
穿山甲和蚂蚁	76	狼与羊	111
蚂蚁过河	78	羊妈妈教子	113
竹篮打水	79	联合制狼	114
机智的公鸡	81	热水鱼	116
聪明的鸭子	82	鱼和钓鱼竿	117
猴子和狐狸	83	群鱼斗渔网	118
醉酒的猴子	85	鱼鹰的下场	122
猴子捞皮球	86	会外语的老鼠	123
猴王模仿	87	猫的智慧	124
猎人与猴子	88	老鼠与牛	125
人与猴	90	小老鼠运鸡蛋	126
睿智的老猴	92	画　师	128
两只狐狸	93	机灵的小山羊	129
狐狸妙抢食物	95	牡蛎的智商	130
狐狸智斗老虎	97	公牛下小牛	131
老虎与狐狸	98	没有羽毛的蝙蝠	134
自讨苦吃的小鸟	99	做沙绳	135
狐狸和喜鹊	100	智斗"江洋大盗"	138
狐狸和乌鸦	102	小飞蛾与蜘蛛	140
乌鸦喝水	103	阿丽娅斗巫婆	141
狐狸和羚羊	103		
足智多谋的小灰兔	105		
有心计的小皇帝	107		
小老鼠斗猫	108		

国王的难题

有个国王经常骑马出去打猎,很少徒步行走。有一回他在打猎时偶尔走了一段路,不小心被一根刺扎了脚,痛得"哇哇"直叫。第二天国王就向一个大臣下令:一星期之内,必须把所有的大街小巷统统铺上牛皮。大臣只得照办。

可是,牛皮很快就用完了,离限期只有两天了,急得大臣消瘦了许多。大臣有一个女儿,非常聪明,她对父亲说:"这件事由我来办。"大臣苦笑了几声,没有说话,可是姑娘坚持要帮父亲解决难题。

第二天,姑娘让父亲带她去见国王。来到王宫,姑娘说:"大王,您下达的任务,我们都完成了。您把这两只牛皮口袋穿在脚上,走到哪儿都不会被扎到了!"

试着从不同的角度去思考问题,很多难题都会被解决。

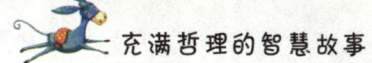

国王把两只牛皮口袋穿在脚上,在地上走了走,感觉舒服极了。大臣的女儿因此得到了国王的奖赏,而且受到全国老百姓的尊敬。

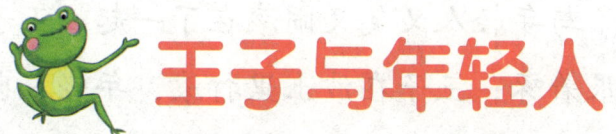

王子与年轻人

国王唯一的儿子得了一种怪病,他把自己臆想成一只大公鸡,一天到晚蹲着跳来跳去,嘴里咕咕地叫着。仆人送饭来,他也不用筷子,只用嘴啄,一边啄,一边说:"咕咕咕,真好吃!真好吃!"

国王告示全国,无论男女老少,地位如何,只要能将王子莫名其妙的病治好,他愿意分出一半江山。

几天后,一位年轻人来应征了。国王看他一副吊儿郎当、游手好闲的样子,便也不敢抱太大希望,但转念一

想好死马当做活马医,让他试一试好了。

年轻人去见王子。他一见王子,便也蹲下来,大叫道:"咕咕咕,我是一只大公鸡。"王子很开心,见到了同伴,也兴奋地说:"咕咕咕,我也是一只大公鸡。"

于是,王子与年轻人又笑又闹滚在了一起。王子用嘴啄米,年轻人跟着啄;王子在沙土里打滚,年轻人也跟着滚;王子蹲在一条木板上睡觉,年轻人也跟着一起睡。

就这样大约过了一个月,就在国王对年轻人的所作所为忍无可忍之时,奇迹出现了。

这一天,年轻人先是咕咕地和王子说了半天话之后,随手拿起杯子喝水,而不是像以前那样低头去吸。王子很好奇,也试着拿起杯子喝水,发现这样的确比较方便。

王子高兴了,于是开始处处模仿年轻人的动作。就这样,年轻人很巧妙的逐步把王子重新引回了正常人的世界。

班门弄斧的木匠

鲁班是春秋时期有名的木匠,因此楚王用重金把他聘请到郢都。有一位木匠对鲁班慕名已久,听说鲁班到了郢都,非常高兴,就去求见鲁班。可连去几次,都被门前的卫士挡了驾。木匠就拿来木料、工具,在鲁班门前

要抓住机遇，巧妙地展示自己的才华。

起早摸黑地干起活来。

鲁班看到有一个人在门前挥舞斧子干活，开始还不在意。时间长了，见到的次数多了，就留心了。一天，鲁班走到木匠跟前，问木匠在做什么。木匠回答说："我想做一架水车，您给指点指点吧！"

鲁班仔细察看了木匠制作的水车，连连点头，并邀请木匠到他的住处畅谈。鲁班肯定了木匠的制作设计，指出了他制作的水车还有哪些不足。

木匠提出要拜鲁班为师，鲁班当即表示同意。鲁班为自己的技艺后继有人感到无比欣慰，认为这是他此次楚国之行的最大收获。他对木匠精心指点传授，不久，这个木匠就成了远近闻名的水车技师。

商人埋钱

有一个商人带着许多现金赶路,他觉得钱放在身边很不安全。于是,他悄悄来到一个无人的地方,挖了一个洞,把钱都埋藏在地下。可是,第二天回到原地一看,钱却不见了。他百思不得其解。

他无意中一抬头,发现远处有一间房子,房子的墙上有个洞。他想也许是住在这间房子里的人把钱挖走的。

他拜访了房主,客气地说:"你住在都市,头脑一定很好。我想请教你一件事情,我是特地来本镇办货的,带了两个钱包,一个放了500个银币,另一个放了800个银币。我已把小钱包埋在没人知道的地方,但这个大钱包是埋起来比较安全呢,还是交给信任的人保管比较安全呢?"

房子的主人回答说:"我会把大钱包埋在埋小钱包的地方。"这个贪心的人看到商人一离开,便把挖来的钱包放回原来的地方。商人立刻挖起钱包,完整无缺地找回了自己的钱币。

遇到困难,要学会随机应变。

一只金凤凰

有一年春夏干旱,粮食歉收,穷人毕老三东挪西借,实在难以过活。为了生存不得不将祖传的一张很有名气的古画拿到当铺去典当,当铺掌柜见来人是个穷人,便敲竹杠,硬是压低价钱,规定三个月就得赎回,三两银子到期要偿还十两。

除夕将到,这古画赎期也到了,毕老三无钱往回赎古画,便想要把古画卖给当铺。作价二十两,可掌柜就是不要。一家人小孩哭,老婆骂,毕老三捧着脑袋只是叹气。

毕老三的邻居是长工毕矮,一向以聪明多谋享誉乡里,毕矮得知此事,心中非常不服。他看看毕老三,想了想说:"老三,得想个办法治一治当铺这帮坏蛋!"

毕老三摇摇头:"有什么办法想呀!"

毕矮和毕老三窃窃私语了一番,毕矮就跑回家去,拿来了一只小木匣,交给了毕老三。毕老三拿着小木匣又走进当铺,站在柜台边,很神秘地对着掌柜说:"我有个宝贝要当!"

掌柜捧着水烟筒,戴着老花镜,慢条斯理地问:"什么宝贝?"

毕老三叹息地说:"祖上留下的,是世上稀有之物。"掌柜瞧瞧毕老三,毕老三一本正经地双手捧着个小木匣。掌柜开始还有怀疑,但一想,毕老三的爷爷曾经在皇宫内当差,上次不是有张古画拿来典当吗!所以他放下水烟筒,来到柜台边,伸手去拿;毕老三却紧紧地拿着小木匣说:"要小心,可千万不要弄丢了!"

对贪婪的人,欺骗也是可以作为以牙还牙的攻击手段。

掌柜不以为然地说:"弄丢,弄丢就赔!"

毕老三又慎重地向掌柜说:"你要知道,这宝贝可不是一般的金银珠宝。"

"我们见得多了,勿要大惊小怪!"掌柜说完就拿过毕老三小木匣一掂,不太重,马上就打开盒子。说时迟,那时快,"嘟"的一声,掌柜还没看清是什么,宝贝早已飞走了!

"啊哟哟,我的天哪!这是一只金凤凰啊!"毕老三顿着脚哭喊。

正在这时,门外走进了毕矮。

掌柜万万想不到里面会是金凤凰,愣了一下,又毫不在呼地说:"什么宝贝,你不能骗人。"

毕矮插进来说:"掌柜先生,你们在讲啥呀?"

掌柜一眼瞧见柜台外竟站着毕矮,顿时心里一惊。因

为他知道毕矮是个专爱打抱不平的人,很难惹!

掌柜和毕老三两人争着要把事情告诉毕矮。毕矮说:"噢!知道,知道。我听我的爷爷说过,老三家里是有只金凤凰,是个宝贝!"

"啊!"掌柜被毕矮当头敲了一棒。

毕老三说:"我当时不敢说明,因为这宝贝太值钱了!心想这几天,一则将上次的古画赎回去,二来办点年货。"

"这,这不能怪我们……"掌柜说道。

毕矮进一步说:"那能怪谁呢?掌柜先生,东西是你放走的,赖也赖不悼!否则官司打到京城,人家也一定奉陪到底。"

掌柜想,毕矮一插手,事情闹大更麻烦,所以只得自认倒霉,笑嘻嘻地说:"你说怎么办?"

毕矮说:"我看这么办吧!金凤凰飞走了,也找不回来,掌柜把毕老三的古画退还并再赔十两银子,就算平息了吧!"

掌柜明知道是毕矮设计使他鸡飞蛋打的,可他又哑吧吃黄连——有苦说不出,只好按照毕矮的吩咐办了。

实际上，刚才飞出去的仅仅是一只麻雀，毕矮用一只麻雀换回了古画，并又得到了银子，使穷人毕老三既解决了困难，又可以安心地过年了。

泥丸里的绿豆

有一个财主总是想方设法克扣长工的工钱。有一天，财主对长工说："我给你预备一个大竹筒，以后你每出一个工，就往竹筒里揉一个小泥丸。以后，我一数有多少泥丸，就知道你出了多少工。"

长工答应了。日月如梭，眼看该结账了。大年二十九，财主偷偷溜进长工的屋里，把一瓢水倒进盛泥丸的竹筒里，看着泥丸变

成了一团烂泥，才放心地离去。到了晚上，长工带上竹筒和财主算账。财主说："倒出来数一数吧！"长工一倒，里边滚出的只是一团烂泥。财主说："既然只有一个，就拿一块钱吧！"

做事情之前要做好多方面的准备，这样才能有备无患。

长工哈哈大笑说："你可以把泥丸泡烂，但账赖不掉！我在每个泥丸里包着一粒绿豆！"财主傻眼了，只得乖乖去数那硬邦邦的绿豆。

驴 脸

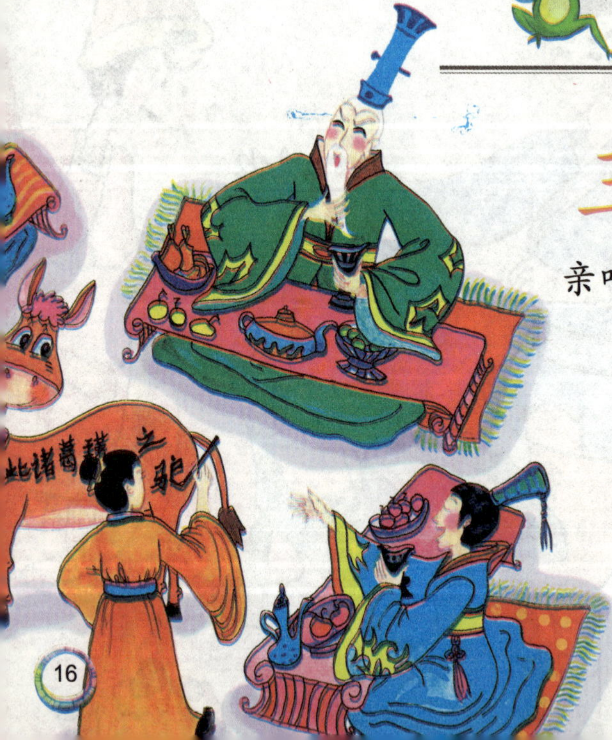

三国时，有个叫诸葛恪的孩子，人很聪明。他父亲叫诸葛瑾，在吴国当官。诸葛瑾的脸很长，人人笑他"驴脸"。一天，孙权大宴宾客，不想多喝了几盅，乘兴拿诸葛瑾开心，命侍臣牵来一头驴，在驴脸上写上"此诸葛瑾"四个字。宾客们见了都捧腹大笑。

诸葛恪见父亲当众受辱,很不服气,立即请求让他续两个字,孙权一口答应了。诸葛恪在"此诸葛瑾"四字下面,续上"之驴"二字。

在座的人又大笑起来,没有一个不称赞诸葛恪聪慧过人。散席之后,那个侍臣向孙权禀奏说:"微臣有良策一道,在'此诸葛瑾之驴'下面续个'脸'字,主公便能转败为胜啦!"

"你的字再少,也是学人家的。创造是天才,模仿是庸才,生搬硬套是蠢才。作为一国之主去跟一个小孩子计较,岂不成了天字第一号的大蠢才吗?"孙权说罢,哈哈大笑。

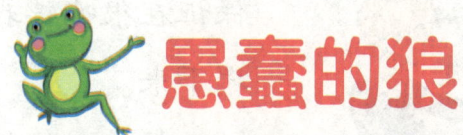 愚蠢的狼

有一头毛驴,由于瘦骨嶙峋而被主人赶出了家门。

一天,毛驴刚来到野外,就遇到了一只大灰狼。

大灰狼一见毛驴，便张着大嘴，流着口水说："哈哈！几天没吃肉，我都快饿死了，今天我运气真好，可以饱餐一顿了。"说完大灰狼就扑了上来。正在这时候，只见毛驴低着头，非常谦逊地说："我实在太瘦了，身上除了骨头就是皮，还是请狼老爷忍一忍，等到了明年夏天，我吃些青草，肉肥了，油厚了，你再来吃我吧。"

大灰狼一听这话，觉得有几分道理。便细细打量了毛驴一番，果真是一副骨瘦如柴的样子，的确没啥吃头。可这次饶了他，要是它跑了怎么办呢？

大灰狼正在犹豫时，毛驴看穿了大灰狼的心思，便说道："天是狼的天，地是狼的地，我一副弱不禁风的样子能跑到哪去呢？"大灰狼还是有些不放心地说："要是天塌了，地陷了，我上哪儿找你呢？"毛驴没有办法，只好与狼一起去找证人。

毛驴见到一只兔子，对它说："兔子，你的眼睛不是老盯着天，担心天会塌吗？今天请你当个担保人，保证在狼吃掉我以前不会塌下来。"

接着，他们又找到一头总是哼哼唧唧盯着地的野猪，毛驴便对它说：

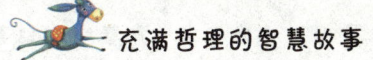

"请你保证狼在吃掉我以前地不会陷下来。"兔子和野猪都满口答应当担保人。

于是,狼和毛驴约定明年夏天在老地方见面。

第二年夏天很快就来到了。毛驴经过足够的休息,吃了丰盛的青草,养好了伤,膘肥体壮,浑身都有使不完的劲。这天,大灰狼按约定的日期来吃驴肉。它见毛驴果然长得皮毛闪光,膘肥体壮,心里有说不出的高兴。正当它扑向毛驴时,只见毛驴一个急转身,两个后蹄正好踢在大灰狼的脸上,大灰狼顿时满脸开花。

经过一场生死搏斗,大灰狼终于死在了毛驴的蹄子下。

父子牵驴

有一对父子住在山上,父亲是个瘸子,儿子是个瞎子。每天,父子俩牵着驴子下山,都是儿子在前面牵驴,父亲在驴子背上指挥方向。

山路有一处很不好走，每当走到拐弯处时，父亲都会叫道："儿子，拐弯，小心了！"于是，儿子就小心翼翼地把驴子安全地牵过那处险弯。

善于发现和总结规律，对你大有帮助。

有一次，父亲生病了，不能下山。儿子对他说："您放心吧，在这条路上走了这么久，单凭记忆也能走过去。"父亲只好让儿子独自牵着驴下山。

儿子就牵着驴沿着路往山下走，一切都很顺利。但是，到了那处险弯，那头老驴停下了，任凭他怎么拉怎么拽也不肯挪动一步。他对着驴子又是吆喝又是哄劝，老驴就是不买他的账，把他急得满头是汗，就是想不出办法。

突然，他灵机一动。学着父亲的语气叫道："儿子，拐弯，小心了！"那驴就轻轻快快地往前走了。

劣势与优势

一个小男孩在一次车祸中失去了右臂，

但是他很想学柔道。最终,他拜了一位柔道大师开始学习。练了三个月,师傅只教了他一招,小男孩大惑不解。他忍不住问师傅:"我是不是应该再学学其他的招术?"师傅回答说:"你只需要会这一招就够了。"小男孩只好继续练习。

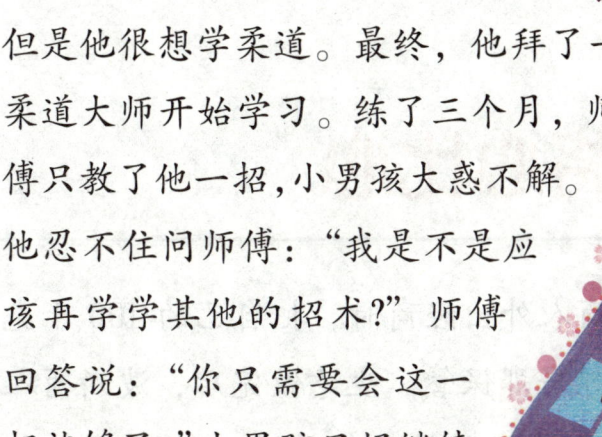

几个月后,师傅带小男孩参加比赛。小男孩没有想到自己居然能顺利进入决赛。决赛的对手比小男孩要强壮许多。小男孩一度显得有点招架不住,但是趁对手放松了戒备,小男孩立刻使出他的那一招,制服了对手,得了冠军。

回家的路上,小男孩问师傅:"我怎么凭一招就能赢得冠军呢?"师傅答道:"有两个原因:第一,你掌握了柔道中最难的一招;第二,对付这一招唯一的办法就是抓住你的右臂,可是你没有右臂。"

"勤"和"俭"是一对好兄弟,只有勤俭持家,日子才会过好。

将心比心

有一个波斯商人外出经商时,把自己的100千克铁寄存在邻居那保管。生意做完后,波斯商人回到家里,向邻居索取自己的铁。邻居说:"很抱歉,一只老鼠把你的铁吃光了。"

商人知道是邻居在撒谎,不过他装着很相信的样子走了。几天后,商人把邻居的儿子藏了起来,然后请邻居吃饭。邻居哭着说:"我不能去吃你的饭,因为我儿子丢了。"

商人故作惊讶地说:"真巧,昨天傍晚我看见一只猫头鹰把一个小孩给叼走了。"邻居说:"我儿子那么大,一只猫头鹰怎么可能把他叼走呢?"

商人说:"既然一只老鼠能够偷吃100千克的铁,那么一只猫头鹰就肯定能劫走你的孩子。"

邻居顿时明白了原来是自己所做的事太不近人情,连忙道歉,并立即把铁还给商人。当然,他的孩子也完好无损地回来了。

学会设身处地地为别人着想。

小裁缝娶公主

从前有位公主,非常骄傲,每当有人前来向她求婚,她总是说:"我的围栏里有头熊,今晚你得在那里过一夜,明天早上等我起来你还活着,你就可以娶我。"

一天,来了一个小裁缝。声称自己天资聪明可以做公主的丈夫。

公主见是一个穷裁缝,

就十分不快,心想,还是打发掉这个小裁缝吧,于是就让小裁缝马上去围栏里与熊过夜。小裁缝毫无惧意,而且还十分愉快地说:"不入虎穴,焉得虎子。"

到了晚上,小裁缝被带到了熊的身旁。熊立刻就要扑向小伙子。"别动!别动!"小裁缝说,"我很快就会教你安静的。"于是他装出若无其事的样子,从口袋中掏出一把坚果,咬开壳,吃起果仁来。

熊见了,也要吃坚果。裁缝把手伸进口袋,掏出了满满的一把塞在了熊爪里,这其实不是坚果,而是卵石。

熊把石子塞入口中,无论怎么咬也咬不开,它想:"唉!我真是个大笨蛋,我连个坚果都咬不烂!"于是他对裁缝说:"给,帮我咬一下。"

"瞧,你真笨!"裁缝说,"嘴那么大,连个小小坚果都咬不烂"。于是他接过石子,却机灵地把一个坚果塞进口中,咔嚓一声,咬成了两瓣。

学会在逆境中驾驭逆境,转化逆境。

"我得再试试。看到你这样咬,我想我也能咬烂。"

于是裁缝又给了熊一颗石子,它使劲地咬啊,咬啊,竟然咬开了。

裁缝又从衣服里抽出一把小提琴,独自演奏起来,熊

听到音乐后，情不自禁地跳起舞来，它跳了一会儿，觉得这个玩艺儿很有趣，便对小裁缝说："喂，拉琴难吗？"

"太容易了，连三岁小孩都会，瞧，我左手指握在琴上，右手拉弓，拉起来得心应手。"

"好！"熊说，"我也要学会

拉琴,这样我什么时候想跳舞就可以跳,你看怎么样?你可以教我吗?"

"非常乐意。"

它跟小裁缝学了一整夜,并且不时发出了各种哀嚎的声音。公主听到后,还以为熊已吃掉了小裁缝,现在正高兴地嚎叫呢。早上公主起来时便显得漫不经心而又十分高兴。

可当她向围栏里一瞧,发现小裁缝竟安然无恙地站在她面前,脸上还露出得意的神色。现在她别无选择了。因为她有言在先,只得同意举行婚礼。

聪明的农夫

对待凶恶的坏蛋,一定不要心慈手软。

有个小孩被一头凶猛的大黑熊咬住了腿,吓得大哭起来。大黑熊说:"我今天饶你一命,但你必须让你的父亲每天给我送一块肉来。"

小孩跑回家中,恳求父亲每天早上给大黑熊送一块肉去，农夫答应了。第二天一早，他便和孩子出发了。农夫恭恭敬敬地把肉送上去，大黑熊立即张口猛吃起来，突然，它捂着嘴巴，痛得大叫。农夫说："可能是骨头卡住了喉咙，张开嘴，我帮你挑出来。"

其实，农夫在肉里事先放进一团铁蒺藜。大黑熊张开嘴时，农夫用木棍使劲顶着铁蒺藜，猛地往下一插。大黑熊想拔出木棍，但越拔越痛。农夫说："孩子，对待这样凶恶的坏蛋，绝不能手软，不然的话，你就会成为它的盘中餐。"

虎和人

一天，老虎对马说："你比人大两三倍，为什么还让他骑着呢？"马摇摇头回答说："你不知道，人虽小，但计策很多。"老虎说："你的话，我不相信，要是我，叫他不敢碰我的一根毛。"

马说:"你不信,他在那里吸烟,你去和他比比看嘛。"老虎说:"比就比,难道我还怕他不成?"老虎很快就跑到人的面前,张牙舞爪地说:"来,我们比比看,谁狠些。"

人说:"慢点,等我回家吃完饭再比试。"老虎说:"好吧,我等着你。"人说:"你的话我不信,恐怕等我吃饭回来,你已经跑了。"老虎说:"你放心,我一定不跑"。人说:"你要是让我相信你,就让我把你捆在松树上。"老虎说:"好吧!"于是,人就解下一根绳子,紧紧地把老虎捆在松树上。

之后,人回家把枪拿来,对老虎说:"现在,我请你吸一杆烟,然后,我们就比试。"老虎说:"好!"人说:"你把眼睛闭上。"老虎把眼睛闭上以后,人就把枪管放进了老虎的口里,扳动机柄"轰"的一声,老虎就这样死了。

黄毛小兔

有一天,一只金黄色小兔吃饱以后,出外散步,在路上拣到一包糖。它舔了舔,尝了尝,感到甜美可口,心头一高兴就跳起舞来。

对面来了一只白额虎,看见小兔嘴巴一动一动的,就问道:"黄毛小兔,你在吃什么?"小兔知道白额虎凶暴,老是欺负弱小的动物,就心生一计,大胆地说:"我在吃老虎的眼睛。""你从哪儿来的老虎眼睛?""有只老虎请我挖下他的眼睛给它吃,它也给了我一点。""那么你给我一点尝尝。"小兔说声好,拿了一小块糖给老虎吃。老虎吃了觉得滋味很甜美,就说:"再给点!"小兔说:"你吃自己的吧。"老虎舔嘴咂舌地说:"好,你帮我挖一只眼睛下来吧!"小兔答应了,就动手把老虎的右眼挖出来藏了起来,另外送给老虎一小块糖吃。老虎越吃越想吃,又说:"你把那只左眼也挖来给我吃吧!"小兔又动手把老虎的左眼挖出来丢了,又给它一小块糖吃。

老虎吃了两小块糖,眼睛没有了。老虎说:"黄毛小兔,你给我带路,我看不见了。在平坦的路上快跑是没有关系的;在悬崖峭壁等危险的地方,你就关照我慢慢走。"小兔心想:你这害人的老虎,今天我要为大家除害!主意拿定,就满口答应了。老虎走平坦的路时,小兔就说:"危险啦!慢慢走。"老虎就慢慢走。走着走着,来到一处悬崖陡壁的地方,小兔说:"这是平坦大路,没有危险,你可以快跑了。"老虎使劲一跑,便跌下万丈悬崖摔死了。

对待凶恶的坏蛋,一定不要心慈手软。

孙有度换马

古时候有一个叫孙有度的大户，他爱马入迷，家里的马匹匹都是声名赫赫的良马。奇怪的是，孙家的马儿虽好，赛场上却未占过上风。后来，孙有度想了这样一个办法，他贴出了一张告示：家有一等好马若干匹，今情愿换取二等马和三等马。这件事立刻惊动了远乡近邻。很快，他家的大半一等名马就被人们用二等马和三等马换走了。

一天，孙家大院突然来了一个白发苍苍的老人，他笑着说："你将自家的好马与别人换劣马，不怕人家笑你糊涂吗？再者，你自家的好马都赛不过人家，换了这些次等马来，还想日后取胜吗？"孙有度拱手施礼道："先生，马有三等，各有所事，倘若无巨细之分，让一等马干着三等马的杂役，您老感不感到可惜呢？再者，这样一来，各种马都可以各取所需，皆大欢喜，您说这换

马是不是糊涂呢?"孙有度的话让老者连连点头称是。

当第二年赛马盛会又来到时,人们惊奇地看到:孙家的马儿精神抖擞,箭一般向前飞奔,其他马儿没有追得上它们的。

马克利

很久很久以前,在斯堪的纳维亚半岛出现过一种奇特的动物,名叫马克利。

马克利的外形像马,身材却比马高大,它有一个长得过长的颈和竖起的耳朵。马克利以草为食,不同的是它在啃食青草时,边吃边往后退。它的上唇向前突出,要是它也像别的动物那样边吃边往前走,它的上唇就会盖住青草。

马克利睡觉时是站着的。他长长的四条腿直挺挺的不能弯曲,不过,只要一跑起来,风也追不上它。

没有一个猎人捉到过马克利。有人曾经骑上快马去捉它;还有人曾经在马克利经常出没的草

原牧场设下埋伏,结果都是一无所获。

有一次,猎人们在月光下看见马克利,它倚在一棵大树上睡觉。猎人不敢惊动它,悄悄离开了,他们想用计谋逮住它。

第二天清晨,猎人们又来到大树下,他们用大锯子在树上锯出几道深槽,让大树勉强还能站在那里,傍晚,猎人就在大树的附近躲了起来。

马克利趁着夜色又来到它熟悉的大树下,又像往常那样想靠在树身上睡觉。被锯了几道深槽的大树再也经不住它的重量,带着它的身体"轰隆"一声倒在地上,猎人们一拥而上,终于捕获到它。

富翁和小鸟

有只小鸟从窗口飞进富翁的仓库里。富翁看了看小鸟说:"我想你不是贼吧,你马上飞走,不然别怪我不客气。"

小鸟扇动翅膀,笑笑说:"尊贵的富翁,我绝不是来偷你的财产的,我是在被猎人追捕时,没办法才飞进仓库的。"

"原来是我的仓库救了你,那你应该

怎样报答我呢?"

"我一贫如洗,怎样报答呢?"

"你飞进皇宫,把皇妃的宝石叼来,就当是报答我了。"于是小鸟真的叼来了宝石。富翁却一把抓住小鸟,冷笑道:"你偷了宝石,万一走露风声,你就是祸害……"

"高贵的人,你放了我吧,我可以为你叼来更多的宝石。"富翁高兴地放了小鸟,小鸟飞进了皇宫。没过几天,富翁的脑袋搬了家,财产被运进了皇宫。

逃出鸟笼的鸟

有许多鸟被抓了,装在一个大鸟笼中。主人每天都来观看,经常喂它们好吃的食物。如果谁的羽毛变长了,就剪掉;如果谁长肥了,就抓出来,杀了吃掉。其中有这么一只鸟暗暗想:"如果我吃多了,就会变肥,变肥了,就会被杀掉;如果饿着不吃的话,即使暂时不被杀掉,但也会饿死。应当估算着吃食物,不要让自己长肥,减少脂肪,等到羽毛长好,寻找机会逃出鸟笼。"它按照这样的想法去做,等到羽毛长好了,果然逃出了鸟笼。

钓 具

有个人和几个朋友去海滨旅行,行程中有钓鱼这项安排。于是,几个朋友一起去购买钓具。商场里,这个人坚持要买一根重型的钓鱼竿和线轴。朋友们开玩笑说道:"你是打算掉一条鲸鱼吧?"

他笑一笑,并不理会这些打击他信心的玩笑。

他们来到了海滨,一个朋友的鱼线被挣断了,那人抱怨自己没有准备重一些钓具。

很快的,这个人的线拉紧了。啊,是一条大鱼!半个小时后,他把战利品

拖了上船，一条 30 磅重的大家伙！

人们都肃然起敬，因为他向他们彰示了一个道理：如果你想钓到一条大鱼，那你就要先准备好钓大鱼的工具。

旅行者

两位旅行者在森林里跋涉，突然，一头熊向他们猛扑过来，其中一位马上换上跑鞋，撒腿就跑；另一位跟在后面说："你跑得再快也没有熊快。"换鞋的人说："我不需要跑得比熊快，我只要跑得比你快一点就行！"

公牛与狮子

一个牧场上生活着三头公牛，它们形影不离。有一只狮子早就对这三头公牛垂涎三尺了，但它始终没有下手的机会。最后，狮子想出了一个主意：离

间三头公牛之间的感情,然后再一个个地对付。

一天,一头公牛正在吃草,狮子慢慢走上前,主动和它打招呼:"朋友,你要留心你的两个伙伴,我听说它俩为了霸占草地想干掉你。"愚蠢的公牛一抬头,看见它的两个伙伴在咬耳朵,一下子便轻信了狮子。

几天以后,狮子又用同样的诡计,在第二头公牛面前搬弄是非,那头公牛也相信了狮子的挑拨。就这样,过去曾经亲密无间的三头公牛,现在却形同陌路,狮子的计谋终于得逞了。

有一天,狮子突然从密林中奔出来,扑向一头公牛,咬断了它的脖子。过了几天,狮子又吃掉了另一头公牛。接着,最后一头公牛也成了狮子的美食。

集体的力量大于个人,只有团结一心,才能战胜敌人。

牧人和丢失的公牛

有个牧人赶着牛群在树林里放牧,发现少了一头小公牛,到处寻找也找不到。于是牧人祷告说:"神啊,如果让我把偷牛贼找到,我情愿贡献一只羊来祭您。"

他翻过一个小山岗。看见一只狮子正在津津有味地享用他的小公牛。牧人吓得四肢发抖,合起双手向上天祈求道:"我刚才祷告,如果能找到偷牛贼,我就献出一只羊,现在我已经看见了贼,我愿意补充我的诺言。只要能让我从狮子口下保住性命,我情愿在丢掉小公牛的基础上再赔上一头大公牛。"

狮子请客

狮子看见公牛长得高高壮壮,猜想它的肉口感一定很好。于是狮子想了一个计策,准备杀害它。

有一天,狮子对公牛说:"早上我刚刚做了一锅美食,不知道你愿不愿意赏光,到我住的地方和我一起品尝?"

> 学会观察细节,细节往往会决定成败。

公牛听狮子这么一说,口水差一点就流出来了,很快就答应了狮子的邀请。

其实这只狮子早就设计好陷阱,等公牛上钩。它想趁公牛不注意时,一口把它咬死,然后慢慢享用公牛的肉。

没多久公牛果然来了,狮子刚好有事出去了。公牛东找西找,就是没有看到狮子说的美食。这时,聪明的公牛已经明白狮子邀请它来的目的,于是赶紧溜了。

狮子回来后,发现公牛走了,心里非常生气,就跑去责问公牛:"我并没有怠慢你,为什么你自顾自地走了呢?"

公牛镇静地

回答:"因为我在你那儿什么也没看见,只见到烤牛肉的工具啊!"

狐狸分食物

有一天,狮子与狐狸、驴在森林里打猎,它们齐心合力猎到许多猎物。到了中午时分,驴子说:"我们打的东西不少了,吃点儿东西吧。"

狮子和狐狸肚子也饿了,听驴这么一说,就同意了。它们把猎物集中起来,让驴来分。驴左瞧瞧,右看看,然后将所有的猎物摆在地上,平均分成三份。分完了,驴子请狮子先挑。

狮子一看驴的这种分法,怒火中烧,对驴子大吼道:"好大胆的驴子,分东西居然和我平起平坐,让你看看我的厉害。"说完,就把驴子撕成碎片吃了。狐狸吓出一身冷汗。

狮子随后要狐狸分。狐狸不敢怠慢,把所有的猎物分成了两堆,一堆多多的,一堆只有一小点儿。

狐狸对狮子说:"狮子大王,大的一堆是你的,小的一堆是我的。"

狮子看完狐狸分的猎物,笑眯眯地问狐狸:"狐狸,你真聪明,是谁教你这样分的。"狐狸指着剩下的驴骨头说:"是它教的。"

必要的时候,只有承受住委屈,才能保全自己。

老虎和猎人

一只老虎被猎人抓住,很不服气,说:"哼,你设下陷阱捉住我,不算强。我的力气比你大,我的爪和牙都比你厉害。让我们对打,假如我打不过你,被你捉住,那我才服你。"

猎人笑了笑,说:

"是啊!你的力气的确比我大得多,还有非常厉害的爪和牙,可是你缺少一个聪明的脑袋,所以,还是被我捉住了。"

小兔斗狮

一天,狮子下达命令,要森林的动物轮流给它送饭。动物们敢怒不敢言,只好轮流做饭送给狮子。可是,有一只小兔子却自告奋勇要去送饭。走到半路上,小兔子把盛饭的篮子放在井边,然后到狮子住的地方去了。

狮子一看小兔子空着手,便生气地问:"为什么不送饭来呢?"小兔子不慌不忙地回答:"大王,我送饭来了,可是路上被一只狮子抢走了。"

狮子一听,勃然大怒,要小兔子带它去找那只狮子算账。小兔子把狮子带到井边,狮子一看井边的篮子,相信了小兔子的话。狮子伸头往井里一看,果然看见里面还有一只狮子冲着自己龇牙咧嘴。狮子大吼一声跳了下去,结果淹死了。森林里的动物们都称赞小兔子的机智勇敢。

狮王用兵

雄狮打算组织一支威名远扬的军队。它召集森林中的野兽,命令大象驮上军用物资,负责后勤工作;任命暴怒的狼担任突击队长;让狐狸运用它的智慧出谋划策;猴子动作灵巧且善于装腔作势,就命令它迷惑敌人,拖延来犯的时间。

一头野兽叫嚷着:"瞎眼的兔子和瘸腿的驴子就别带上了吧,它们上前线只能碍事。"

狮子大王说:"不,让瞎眼的兔子将耳朵贴在地面上,可以及时准确地获得敌人大部队是否来袭的情报。要知道兔子的耳朵本来就很灵敏,而瞎了眼的兔子比正常兔子耳朵更加灵敏;至于瘸腿的驴子嘛,就让它去炮塔充当点火的炮手,它行动不便,

充分发挥每个人的所长,集体的力量就会更强大。

因此即使大敌当前也不会逃跑，只能血战到底。"

这样，一支军队安排得十分得当。

掉进深渊的狮子

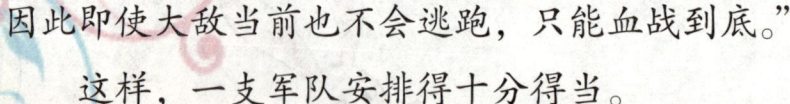

狮子拼命追赶羚羊，羚羊使出全身的劲儿在山路上奔跑着。前面是一道悬崖，悬崖下面是一道深渊，羚羊跑到这儿，不由得停住了脚步。可是一想到后面追过来的狮子，羚羊心一横，反正也是死，不如跳一下试试，也许会跃过深渊。想到这儿，羚羊憋足了劲儿，闭上眼，纵身一跳。奇迹发生了，羚羊竟跳到了对面悬崖上。

狮子赶了过来，望着对面的羚羊，牙齿咬得格巴格巴地响。这时，一只狐狸在旁边说话了："亲爱的朋友，你是兽中之王。羚

羊算什么？它能跳过去的地方，你也能跳过去。否则，你就不配做兽中之王。"

狮子听了狐狸的话，心里的气不打一处来。狮子想，先把对面的羚羊收拾了再说，回头再找狐狸算账。想到这儿，狮子使出全身的劲儿也猛地一跳。可是，狮子没有跳过去，掉进深渊摔死了。

狐狸高兴得手舞足蹈，心想这下好了，我再也没有什么可怕的了。

被谋杀的狮子

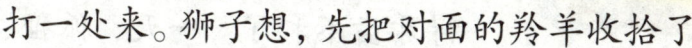

狐狸想把狮子杀死，约了老虎和狼去见狮子。"狮子先生，你是世界上最大的动物，我们都愿立你为王，听你的摆布。"狐狸说。

"我们可以给你盖一座美丽精致的房子。"没等狐狸说完，老虎就殷勤地说："我们每天供奉给你世界上最珍贵的食物，你每天安静地躺在房子里，享受我们的孝敬就行了。"

不劳而获，只贪图安逸，最终会葬送自己。

狮子高兴地答应了。从此，狮子每天悠闲地躺在房子里，吃着狐狸和老虎送来的食物。渐渐的，狮子躺下就不再想爬起来，四条腿也软绵绵的了，吃起肉来也显得牙齿不利了。一天，狐狸、老虎和狼又一齐到狮子的房子里，这一次不是带去珍贵的食物，而是拿着棍棒。

"愚蠢的狮子，"狐狸一进门就举起了棍子，恶狠狠地说："你以为我们会真的养活你一辈子么？傻瓜！我们不过想使你的身体衰弱下来，好除掉你。快来受死吧！我们要拿你做一顿美味的早餐呢！"

这样，狮子因为听信了甜言蜜语，结果就死在狐狸、老虎和狼的手里。

孩子与狗熊

一个孩子在山上种了一片苞谷。苞谷快要成熟的时候，被狗熊给糟蹋了一地。孩子去找狗熊讲理。狗熊说："你的苞谷是让我给糟蹋了，你能把我怎么样呢?"

孩子说:"我要你赔,否则就让你知道我的厉害。"

狗熊轻蔑地说:"我劝你还是忍了吧,我有的是力气。"

孩子笑嘻嘻地说:"我光听说狗熊傻,可没听说狗熊有力气。"

狗熊一听这话就火了,它马上背起一块大石头,把它扔下了山。孩子说:"背石头不算力气大,能拔起一棵树才算力气大。"

狗熊费了九牛二虎之力,终于把一棵松树给拔起来了。孩子说:"如果你能把树扔到湖里,我就服你了。"狗熊真的把大树拖到湖里了。事后,它想爬上岸来,可已累得筋疲力尽了。一不小心,它掉进了水里。孩子趁机把它的脑袋摁到湖里,灌了它一肚子水。

狗熊求饶了,乖乖地答应了给孩子赔偿:帮助那个孩子种地。

狗熊捕"鱼"

狗熊在河里摸鱼,猫趴在岸上偷偷观看。它看到狗熊摸着了鱼以后放到嘴巴里大嚼大咽,馋得流出了一尺长的口水:哎,太香了,只可惜自己不能下水!

其实,狗熊早已发现了它,但假装没看见。它把又摸到的鱼故意一条又一条地扔到河岸上,引诱猫上当。猫呢,以为狗熊不知道,蹿出去把鱼叼到暗处吃掉了。

狗熊上岸,见没有了鱼,一把揪住猫,大吼起来:"一定是你偷吃了我的鱼!看,你的喉咙里还卡着鱼刺呢!"

猫只得乖乖地承认。

狗熊狰狞大笑:"没办法,现在我只能把你吃掉才能吃到我的鱼,谁让你这样馋嘴!"

猫求饶说:"您放过我吧,日后,我会钓双倍的鱼赔你……"

狗熊一拧脖子："不行，赔一百倍的鱼也不行！告诉你吧，我这是在用鱼钓你上钩呢，我真正想吃的是猫肉！"

老虎与蛇

老虎在森林中遇见一条毒蛇，老虎举爪向它扑去，蛇飕地躲在了一边，对老虎说："您是百兽之王，我当然也是您的臣民。今天，您到我的领地来视察，我感到非常荣幸。我是特地来欢迎您的。"

老虎说："你是毒蛇，我要除掉你！"毒蛇说："蛇有有毒的，有无毒的，我是无毒蛇呀！凛凛威风，堂堂正气，假如有毒蛇胆敢来咬大王，我决饶不了它。大王到森林中视察，我给大王开道。"说着，它便给虎王叩头。

虎大王高兴地说："难得你对我一片忠心。那么，你就给我领路吧！"毒蛇在前面走，老虎跟在后面。走着走着，趁老虎毫无戒备的时候，毒蛇向老虎的腿上咬了一口，然后溜到草丛深处去了。

蛇毒迅速传遍老虎全身，它在痛苦的抽搐中死去。目睹这一切的白头翁说："虎大王不是死于蛇毒，而是死于阿谀，真可以说是阿谀猛于虎啊！"

阿谀奉承是一剂毒药，我们一定要警惕这样的毒药。

金环蛇和银环蛇

有一个人制成了一种很灵很灵的治蛇咬伤的药。一天，他身缠着两条毒蛇，一条金环蛇和一条银环蛇，背着药葫芦到城里去卖蛇药。为了证实他的蛇药灵验，他要做一番表演，便叫毒蛇咬他的咽喉。

"我不咬！"银环蛇说。

"你不咬，我咬！"金环蛇张开毒牙朝卖药人的喉咙狠狠地咬去。

顿时，卖药人的脖子肿得像

个猪脖子似的。可是，当他把灵药往伤口上一敷，便立即散毒消肿，跟没咬过一样。围观的人齐声喝彩，纷纷争着买药，药葫芦一下就卖空了。

在归家的途中，金环蛇见卖药人身边已经没有药，就趁他不防备的时候，把他咬死了，并且还责备银环蛇说："你真笨！刚才他叫你咬他，你为什么不咬呢？"

"他手上有灵药，能咬死他吗？"银环蛇埋怨金环蛇道，"你在城里众人面前那么一咬，正好帮了他的大忙，把那些讨厌的蛇药卖的一干二净哩！"

哈哈！金环蛇大笑起来，"如果他的药卖不出，随身带着。我们又怎么能将他咬死呢？要知道，我刚才助他卖药，目的就是要把他置于死地！"

与虎谋皮

狼宰相对虎王说："虎皮是威严、肃穆、庄重的象征。大王要是把虎皮脱下来，铺在座垫上，就会使大王更加威

风了!"虎王问:"怎么才能把皮脱下来呢?"狼宰相说:"只要打点麻药,全身麻醉就可以毫无痛苦地做脱皮手术了。"

虎王问:"脱了皮还能活命吗?"狼宰相说:"怎么不能?蛇和蝉脱下的皮叫蛇蜕、蝉蜕,蛇蜕、蝉蜕都是非常名贵的中药材哩!如果大王愿意做脱皮手术,我请来了狈太医,它现在正在殿外待诏。"虎王说:"那就请它进来吧!"

狈太医进来后,虎王问:"太医,狼宰相劝我把皮脱下来当座垫,你看可以吗?"太医说:"这主意好极了,我可以给大王做脱皮手术。"虎王又问:"太医,你做手术保险吗?"太医说:"大王,我做手术绝对保险。"虎王说:"那就请你先给狼宰相做脱皮手术吧!"

狼宰相大惊失色,吓得瘫在殿上。狈太医在虎王和朝廷大臣众目睽睽下,给狼宰相做脱皮手术。狼宰相脱皮后,再也没有活过来;狈

心术邪恶的人的嘴脸早晚会被揭开。

太医也以狼为奸,阴谋杀君篡位的罪名被处极刑。不久,虎的宝座铺上了狼皮和狈皮的垫子。

老虎和小松鼠

有一只老虎因年迈体衰,已经无力觅食了。为了解决自己的一日三餐,它决定使用计谋把一些小动物骗到山洞,然后伺机把它们吃掉。

老虎躺在自己的洞里装病,并不时故意发出痛苦的呻吟声,路过洞口的百兽们听到后都很同情它,便一只一只地前来探望,老虎趁机把它们一只只都吃掉了。

很快,有许多动物就这样失踪了。

一只小松鼠发现了老虎的秘密。有一天,它来到老虎那里,远远地站在门外,恭敬地问:"老虎大王,你的身体好些了吗?"

老虎回答说:"我可能快不行了,亲爱的,我觉得好孤独啊,请你进来陪我聊聊天吧。"

小松鼠回答:"对不起,我有点害怕。我发现这里有

许多足迹，但只有进洞的，没有一个出洞的。所以，我还是不要进去了。"

小老虎捕鹿

有一只小老虎，年纪不大，却是个捕食能手。它猎羊抓鹿，十分能干。

一次，小老虎来到山腰，见有两只鹿正在那里拼命厮打着。它们时而互相猛扑，时而互相咬住脖颈不放。小老虎想这正是它行动的好时机，正要上前抓其中一只，与它同行的虎妈妈连忙拉住它，说："现在还不是时候。"

小老虎说："还等什么？现在两只鹿正在厮打，我乘它们不备咬住一只。不然的话，这两只鹿一会儿重新和好，我不一定能对付得了它们呢。"

虎妈妈说："最好的时机还没到。你想，两只鹿真的动怒拼打，弱些的肯定会被杀死，而强些的也会受伤。等到它们死的死，伤的伤，

把握最好的时机再行动，不要急于求成。

你再行动,这两只鹿就都属于你了。"

小老虎恍然大悟,原来虎妈妈给小老虎出的是一个只需付出咬死一只鹿的代价,却能收到杀死两只鹿效果的主意。这真是一个好主意!

泄 露

老虎给兔子写了一封信,信中说:"兔子老弟,以前是我不好,把你吓得四处躲藏。如果你能既往不咎,我愿意向你赔礼道歉。另外,我从国外带回来一大包鲜草,我愿意带上礼物去看望你。"

兔子看完信后,心里很高兴,它立即邀请老虎来家做客,老虎果然带来了一包进口的鲜草。

兔子带领着老虎参观自己的三处别墅,并对老虎说:"别人都说'狡兔三窟',这是我们防身的秘密啊!你千

万不要让别人知道,要不然,我一家老小十几口就要遭受灭顶之……"

还没等兔子说完,老虎就把兔子生吞活剥了,分散在其他两所别墅的家人也成了老虎的美食。

老虎和萤火虫

老虎想吃萤火虫,又找不到借口。一天,老虎找到了萤火虫,就问:"老弟,我们交朋友好吗?"萤火虫答应了。过了几天,老虎对萤火虫说:"老弟,我们来试一试胆量好吗?你坐到柜里面去,我在外面要给你看;然后,我坐到里面去,你要给我看。要是谁心慌了,就算谁输。"萤火虫同意了。

试胆量比赛开始了,萤火虫先到柜中去,这时老虎高兴得牙齿发痒。它吼得地动山摇,直到喉咙都哑了才停下来。它问萤火虫:"怕吗?"萤火虫在柜里回答:"怕?好看极了。"

现在,该老虎到柜中去了。萤火虫想:这回要让老虎知道我的厉害了。接着,就抽出火链来,"咔嚓咔嚓"地打着,只见一闪一闪地迸出火花。老虎见到火,慌得发抖,可是它还硬说:"这有什么可怕?"一会儿,干草、干柴着火了。老虎急得叫起来:"老弟,不要打火了,不要打火了!我怕!"

说着,老虎便在柜里横冲直撞起来,可是,用尽了力量,也没法把柜子撞开。柜子被烧成了木炭,老虎也被烧成灰了。

不可存有害人之心,但一定要提高防范。

兔儿和羊羔

兔儿和羊羔是好朋友。有一天,它们正在山坡上吃草,从山背后来了一只狼。狼想吃它们,又觉得它们太小了,就装出慈祥的样子对它们说:"这片草地是我

只有准确掌握对方的心理,才能以智取胜。

的,你们长大了可不能忘了我。"说完就走了。

兔儿一听,知道狼不存好心,就提高了警惕。一天,兔儿见路上扔着一张写着字的纸,就对羊羔说:"你把这张纸捡上!"羊羔捡上了。

到了八月,有一天,它们玩得正高兴,狼跑来了。狼说:"我的草都叫你们吃完了,今天非把你们吃了不可!"兔儿说:"狼伯伯,你跑得很累了,先坐下歇一会吧!我有一句话给你说,你听了,可不要让别人知道。"狼说:"有话快说,我肚子早饿了。"兔儿叫羊羔赶快把那张纸拿来,对狼说:"你看,这是老虎大王的告示!上面说现在缺108张狼皮,有见到狼的,应立即报告,重重有赏!"

狼一听,吓得战战兢兢,立刻就跑了。

 # 智勇双全的小兔

小兔子青青一直和妈妈生活在一起,它们每天天刚亮就上山采蘑菇、割青草,准备过冬的粮食。

因为有妈妈的陪伴,小兔子觉得这样的日子是幸福和快乐的。

一天,小兔子家来了一只跛腿的狼,它说兔妈妈借它的钱一直未还,今天是来收债的。

"可是,先生,我从来都没见过你,怎么会向你借钱呢?"兔妈妈辩解道。

"哦,是去年夏天,在拉迪山上,你碰见我,求我借给你十块钱,说你女儿病了,要看医生,难道你忘了。"那只跛腿的狼边说边上下打量着小兔子青青。

"先生,我想你是记错了,我女儿一直很健康,从来没得过什么大病……"

"够了,够了!你这个啰嗦的老家伙,没钱还债就把你女儿抵押给我。"说完。跛腿狼一把抓住青青就走。
"求求你,先生,只要你放

过我女儿,我跟你走。"兔妈妈为了保护女儿,挺身而出。

"你,你这一把老骨头,我的牙老了,恐怕嚼不动。"跛腿狼狰狞地大笑起来。"不过,你女儿太瘦小了,还不够塞我的牙缝。好吧,看在你哀求我的份上,暂且留下你女儿,让你跟我走。"

"狼先生,求你千万别带走我妈妈。"小兔子青青极力哀求狼不要抓走它母亲,但狼一把将它推倒在地,叼着兔妈妈扬长而去。

小兔子青青长大后,还经常想起当年跛腿狼抓走妈妈时自己不甘心的情景,因此它寻遍千山万水,想找跛腿狼报仇。

有一次,小兔青青在翻越一座山时,突然发现了一行脚印延伸到了一个洞口,并且洞口堆满了鸡毛、兔毛。"是狼的洞穴,一定是。"小兔青青蹲下身子,仔细地查看那行脚印,它发现有一些脚印很浅,而其他的脚印很深。"是跛腿狼,只有跛腿狼才会留下深浅不一的

脚印，一定是它。"

小兔子青青心里想，"跛腿狼，你的死期到了。"但它知道，单凭自己的力量是斗不过跛腿狼的，可就这样放弃，它不甘心。

小兔子青青知道，光怨恨跛腿狼没有丝毫用处，而应该把那种不甘心的心情化为动力，帮自己战胜跛腿狼。

于是，它轻手轻脚地走近洞口，听到里面传出一阵阵鼾声，原来这天跛腿狼到山下的农庄里，偷走了一只鸡，临出门时，又顺手偷走了主人的一瓶老酒。回到洞里，它吃饱喝足后。正在呼呼大睡呢。

机会来了，小兔子想，如果现在跑下山去叫猎人，只怕猎人还未到，狼就醒了。"该怎么办呢？"小兔子边沉思边踱步，一不小心，被一块石头绊了一下，差点摔倒。

"对，我可以用石头把洞口堵死呀！"小兔子青青念头一起，便飞快地搬起一块一块石头，堵住了洞口。

当跛腿狼一觉醒来时，山洞口已被堵

死,它被活活地饿死在山洞里。

后来,动物们知道这件事后,都称赞小兔子青青是一位智勇双全的英雄。

山羊记者去采访时,问小兔子青青:"是什么样的力量鼓舞你搬起了一块块比自身重几倍的石头?"

小兔子青青说:"是不甘心的心情化为了前进的动力,才使我搬起了一块块比自身重几倍的石头。"

野猪的兽王梦

武松打虎后,景阳冈的山林里再也没有老虎。一时间,山林无主,无恶不作的野猪想趁机钻这个空子。一天,野猪对大家说:"现在我们的林子里,各种事务无人管理,秩序十分混乱,必须尽快再立兽王!"

它的走狗狐狸附和说:"是呀,国不可一日无君,再没有兽王,我们的日子就过不下去了!"

大小动物交头接耳,议论纷纷:"谁来做兽王呢?莫非是野

充满哲理的智慧故事

正义而富有智慧的言辞一样可以战胜貌似强大的敌人。

猪？这家伙也坏得很呀，我们不能选它！"

野猪在一旁看到这个情景，心里好不焦急，它按捺不住，再次跳出来说："你们一个个好不知趣！这次也该轮到我了！你们谁还有这个资格？"

众兽敢怒不敢言，现场十分寂静。这时，牛挺身而出，大声喝道："大家务必快快决定，否则，猎人下次不知道该猎杀哪一个！"野猪听了，吓得屁滚尿流，忙钻到深深的洞穴里了。

猎人与隐士

一个猎人在山里迷路了。一天，他意外发现了一间小木屋，于是快

步走向前去。正当他暗自庆幸时,却发现小木屋的屋主是个性格怪僻的隐士,传说他完全不理会任何到此造访或是打搅他的人。

怎么办呢?如果不向隐士索取食物,自己很有可能就要死在这荒山野岭。如果用枪迫使隐士就范,抢夺他的食物,可能要受到法律的制裁;如果隐士出手夺枪,将会引发枪战。

后来,猎人采用一种聪明的办法。他走上前轻轻地敲了门,等隐士开门后,猎人马上微笑着说:"尊敬的先生,我是来这里打猎的,不幸迷了路。"说着,主动将枪托递给隐士。隐士觉得这个来客表达友好的方式太奇怪了,于是默默地将枪收下了。见隐士没有拒绝自己,猎人赶紧诚恳地请求道:"能不能用枪和您换点食物?因为我实在饿得不行了。"

隐士破天荒地邀请猎人进去,并为他准备晚餐。饭后,隐士将枪还给猎人,并指引他走出了森林。

语言的智慧胜于武力的争斗,学会掌握一语双关的智慧。

测试实验

博士先生牵着三只猴子和一只猩猩走进了实验室。实验室四壁都是用透明的玻璃做成的,三面是密密的玻璃窗,正面有一道敞开的玻璃门。博士先生领着猴子和猩猩从正门进去,解开它们脖子上的锁链以后,自己便迅速从正门退了出来,并且"砰"的一声把那道门也关上了。

一会儿工夫,实验室的四周架起了柴火,噼里啪啦地烧得一片通红。猴子们透过玻璃看见外面熊熊的烈火,一下子乱作了一团。它们先是跳来蹿去,发出尖厉的叫声,继而就都暴怒着,一齐扑向正门;但门已经被关死了,猴子们怎样拼命也都无法冲出去,可它们还在发疯般往那道门上扑呀撞呀,抓呀咬呀……

猩猩看见猴子没能从正门出去,便不再理会那道门了。它开始沿着四壁转来转去,到处摸索推搡,试图从另外三面找到一个可以突破的缺口。果然,"哐啷"一声,哈哈,有一扇玻璃窗轻而易举地被它推开了,原来窗子虚掩着,压根儿就没关。

不用说,猩猩和猴子都立刻从这个窗口跑出去了。

博士先生不禁哈哈大笑起来。他对自己的实验很满意,说:"这就是猩猩之所以比猴子高明的证据,因为,它们一个只知道拼命去撞那实际已经关死了的门,而另一个却知道去寻找那隐蔽着的通向自由的窗。"

蚂蚁搬桃

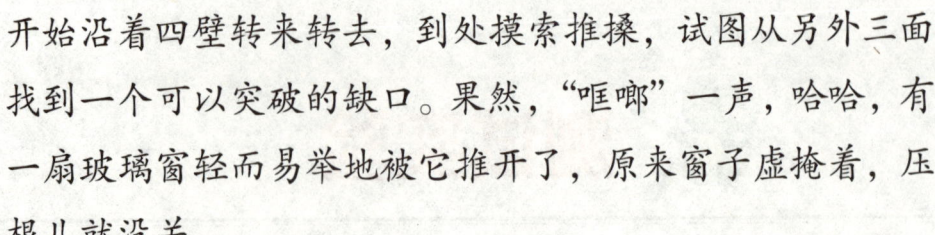

有两只蚂蚁一同出去觅食,找了好久都没有找到合适的食物,又饿又累。

这时候,大蚂蚁忽然发现前边不远处有一只很大的桃子,白里泛红,闻起来可香啦。可是桃子虽好,却太重了,两只蚂蚁根本搬不动。

小蚂蚁有点气馁,对大

蚂蚁说:"要不你在这儿等着,我回去找人来帮我们搬。"可是一大早,全家都出动找食物去了,哪里找得到帮手啊。

两只蚂蚁有点急了,难道就放着这么肥美的一只桃子不要了?这多可惜啊。

大蚂蚁想了想,忽然有了主意:"没有关系啊,我们搬一个桃子搬不动,干脆就一次咬一小块下来搬回去不就可以了么。这样多搬几次,肯定可以把桃子搬回家的。"

于是两只蚂蚁便开始用牙齿小心地把桃子分成很多小块,然后一块块地往家搬,终于把一个桃子都搬了回去。这天晚上,蚂蚁全家美美地吃了一顿丰盛的桃子宴。

面对困难,信心一定要满满的,但要学会把困难化整为零,并最终战胜它。

小猪与狼

从前,有一只小猪用一车砖盖了一所房子。

一天,狼来了。它对小猪说:"小猪,小猪,让我进去。"小猪没理它。于是狼吹呀吹呀吹呀吹呀,可是房子没有倒,狼见吹不倒房子,就说:"小猪,我知道一块漂亮的萝卜地。"

"在哪儿?"小猪问。

"哦,在米勒先生那边。如果你明天早上也想去,我来接你,我们一起去,拔些萝卜当午饭吃。"

"好吧,"小猪说,"我愿意跟你去,我们什么时候走?"

"六点钟。"

第二天早上,小猪五点钟就起床取回了满满一箩筐萝卜。六点钟,狼来了,说:"小猪,你准备好了吗?"

小猪说:"我去过了。"

狼很生气,但是它想,它一定能用计谋骗过小猪,就说:"小猪,我知道一棵美丽的苹果树。"

"在哪儿?"小猪问。

"在下面的农夫房子旁边,"狼回答说,"我明天早上五点钟去给你摘几个苹果来。"

第二天早上,小猪四点钟就起床去摘苹果了。但是这一次路比较远，又得爬树，当它正要从树上下来时，狼已经走过来了。

"喂！小猪！你比我来的还早呀？上边的苹果好吗？"

"非常好，"小猪回答说："我给你扔一个吧。"

于是，小猪把苹果仍得很远很远，狼得跑很长一段路才能把它捡回来。小猪趁机从树上跳下来，赶紧跑回家。

转天，狼又来了，对小猪说："小猪，今天下午你想去集市吗？我三点钟来接你吧！"

像往常一样，小猪提前上了路。来到市场买了一只黄油桶，正要回家，看见狼来了，它不知道怎样办才好，于是就爬进黄油桶，藏在里面。桶带着小猪从山坡上滚下来，狼吓了一大跳，它赶快跑回家。

后来，狼去小猪家，把那天被吓的事告诉给小猪听，小猪笑得直捂肚子，说："哦，那是我呀，是我吓得你屁滚尿流。我在市场上买了一只黄油桶，看见你来了，我就钻进了桶里，从山坡上滚了下来。"

狼听了气得不得了，想要从烟筒钻进小猪的屋子把它吃掉。小猪识破了狼的阴谋，在炉灶上架了一口大锅，锅里盛满水，下面生着旺旺的火。当狼从烟筒里滑下来时，小猪揭开锅盖，狼一头掉进热水沸腾的锅里。

从此以后，小猪再也不会受到狼的干扰，幸福的生活着。

不吃牛皮的小狗

田野里,有几只野狗好几天没有觅到食物。正饿得发慌时,它们发现河里有一张牛皮。

"弟兄们,快动动脑子,用什么法子才能吃到牛皮?"领头的野狗嚷道。

解决困难要采取切实可行的办法,否则付出的辛苦就没有价值。

"嗨,这还不简单,咱们一起把脖子伸到河里,把河水喝干,不就能吃到牛皮了吗!"另一只野狗自信地说。

"好,这真是个好办法!来吧,弟兄们,咱们一起喝吧,牛皮就会属于我们了。"说完,领头的野狗率先把头伸进水中,埋头喝起来,其他野狗纷纷效仿。只有一只小野狗对这个方法不以为然。

"我宁可饿死,也不要让水把自己撑死。"

充满哲理的智慧故事

它在心里嘀咕道。这只小野狗便躺在河岸边,眯着眼,盯着那些愚蠢的同类们。

野狗们拼命地喝水,结果河水未减少,可是它们的肚子却都胀破了。野狗们一个个倒在水边。

这时,那只躺在地上休息的小狗却一跃而起,靠啃噬同伴的尸体得以活命。

有头脑的乌龟

乌龟和兔子比赛失败后,因为不服气,又先后和兔子进行了两场比赛,但是都以失败而告终。

已经失败三次了,换别人早就认输了,可是乌龟不认输。这几天,乌龟一直没睡好觉,它在苦思冥想:"如果只靠每天苦练,恐怕还是赢不了兔子,因为我们的先天条件差得太多了,我必须想想其他的办法。"

"对,改变比赛路线。这一次不是轮到我选择比赛路线吗?我为什么不

选择一条有河的路线呢？我会游泳，兔子不会，我自然能赢它。"

乌龟因自己的想法而感到兴奋无比。

果然不出乌龟所料，在比赛中，兔子面对小河无计可施，只好眼睁睁地看着乌龟跑到了终点。

乌龟斗狼

有一天，狮王突然生病了，动物们知道后都纷纷赶来探望。

狼是马屁大王，它想现在机会来了，于是，第一个赶到狮王的洞里，并带来它刚从农夫那里抓来的一只肥胖的母鸡，作为孝敬狮王的礼物。

狮王很高兴，对随后赶到的动物们说："狼是我朝的第一大忠臣，它对我的孝心、忠心，你们都有目共睹，今后你们都要向它学习。"

"是，尊敬的大王。"众动物们虽然对狼不满，但慑于狮王的威风，都不敢对狼如何。

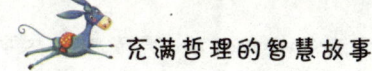

"尊敬的狮王,乌龟早就对你有二心,你看,到现在它还没来呢!"狼开始搬弄是非。但这句话被刚到的乌龟听到了,狮子立即对乌龟怒吼叫起来。

"尊敬的大王,我之所以来迟了,是因为我听到你生病的消息后,便急着四处寻医问药,想找到一个良方为你治病。"乌龟为自己辩解道。

"这么说你倒是对我最忠心的人,快把良方献出来。"狮子转怒为喜。

"大王,这是我从人类那里得来的一个秘方,告诉我的人据说还是华佗的后代呢。"乌龟说。

"快,快献出来。"狮王乐得手舞足蹈。

"秘方里说要治好大王的病,就必须剥下一只狼的皮,趁皮还热乎乎的时候,包住你的身体,大王的病立刻就会好起来。"

狼立刻被捉住,活剥了皮。

困驴的逃生术

有一天,一头驴子不小心掉进一口枯井里,农夫想尽了办法救它,但都没有成功。最后,这位农夫想这头驴子年纪大了,不值得大费周折去把它救出来,不过无论如何,这口井还是得填起来。于是,农夫请来左邻右舍帮忙一起将井填了。

农夫的邻居开始将泥土铲进枯井中。这头驴子开始哭得很凄惨。但出人意料的是,一会儿之后这头驴子就安静下来了。农夫好奇地探头往

> 身处逆境时,一定不要放弃希望,要想方设法解救自己。

井底一看，出现在眼前的景象令他大吃一惊：

当铲进井里的泥土落在驴子的背部时，驴子的反应令人称奇，它将泥土抖落掉，然后站到铲进的泥土堆上面！

就这样，驴子将大家铲倒在它身上的泥土全数抖落到井底，然后再站上去。慢慢地，这只驴子便得意地上升到井口，然后，在众人惊讶的表情中快步地跑开了！

小蚂蚁斗大驴

有一头驴子身材很高大。驴子自恃身高体壮，从来不把比它个小的动物放在眼里。

一天，驴子吃饱了肚子，正在树林中散步，走着走着，驴子看见路边的小树杈上有个麻雀窝，窝里有好几只小麻雀向外探头探脑张望着。驴子很生气，它从不喜欢有谁偷看自己，驴子大声呵斥：

"你们这些小麻雀，还不给我缩回头去！"

小麻雀们不懂事，仍然张望着。驴子更生气了，走近小树，使劲用后背撞树，无论麻雀妈妈怎样哀求驴子，驴子都不答应。没两下，麻雀窝掉在地上，小麻雀们正好摔在石头上，给摔死了。麻雀妈妈痛苦万分，驴子扬长而去。

一只蚂蚁路过这里,问麻雀妈妈为何哭得这么伤心。麻雀妈妈向蚂蚁讲述了刚才发生的一切。蚂蚁非常气愤,它问麻雀想不想复仇。麻雀说当然想。蚂蚁爬到麻雀耳朵边上,讲述了自己的复仇办法。

第二天,驴子还是在林子里散步。蚂蚁乘机爬到了驴子眼前,把身上带来的小土粒放进驴子眼里,驴子顿时难受得又踢又咬,可是却伤不着蚂蚁一根毫毛。这时,麻雀乘机又死命啄驴子的另一只眼睛。驴子两眼全看不清方向,难受得东窜西窜,最后,它掉进山下的河里淹死了。

穿山甲和蚂蚁

有一天,穿山甲在山里闲逛,碰到一群蚂蚁。穿山甲很高兴,心想自己

又有美餐了。有一只小蚂蚁说:"我是天上派来的使者,如果吃了我,上天会惩罚你的。"

穿山甲愣住了。小蚂蚁见它不信,接着说:"不信,我们就来比试一下,看谁先跑到山顶,如果你输了,你就必须放我们走。"

穿山甲毫不犹豫地同意了,它很快就爬到了山顶。可是刚一坐下,就听到蚂蚁在身后懒洋洋地说:"你怎么才到呀,我都在这睡一觉啦!"穿山甲大吃一惊,以为蚂蚁真的是上天的使者,只能认输,答应不吃蚂蚁了。

其实,聪明的小蚂蚁只是趴在穿山甲的尾巴上,被带上了山,在穿山甲转身时才从它身上爬下来的。

学会借助对方的力量来弥补自己的不足。

蚂蚁过河

上万只蚂蚁来到了大河边,它们要过河去开辟一块新的家园,但没有船。

开始时,大多数蚂蚁说:"用我们的身体搂抱成巨团,像一条船那样划过去。"可是,几只自恃身强体壮的大蚂蚁不加入,它们嫌老的老、小的小,怕被拖累死,要单独游过河去。

蚁群开始编队,它们把年老的和弱小的保护在中间,其余的安排在外边,然后又组成一支敢死队。

一声号令,敢死队员们把这个巨大的蚁团推送到河里。随之,用一侧的腿勾系

只有团结一心,才能共渡难关。

在蚁团最外层，用另一侧的腿像船桨一样地划动。

蚁团缓慢地横渡着，没有出现任何事故。但到了河心，激流一会儿把蚁团吞没，一会儿把蚁团抛起，情况非常危急!尽管如此，蚂蚁们还是紧紧地抱在一起，敢死队员们还是在拼命划动着它们的"桨"……终于，蚁团胜利地到达了对岸。

可是，那几只单独过河的大蚂蚁呢，没有游到河心就被河水夺去了生命。

竹篮打水

小猴子每天都很开心，似乎没有什么使它感到难过和伤心的事情。有一天，一只老猴子和它开玩笑，说："小猴子，大家都说你很聪明，我今天

只要肯动脑筋,就一定能把不可能的事变为可能。

要考考你,你能用这个竹篮子给我去打一篮子水吗?"

小猴子当时没有多想,就蹦蹦跳跳地拿着竹篮子出去了。但是,竹篮子怎么能打水呢,当小猴子把竹篮子从水中提出来时,水自然全漏掉了。小猴子十分生气,心想,老猴子分明是在捉弄我吗。

过了一会,它朝周围看了看,又高兴起来,这有什么难办的,我一定不能让老猴子小瞧了我。小猴子计上心头,它来到河边采了张大荷叶铺在竹篮里,打了满满一篮子水。

当小猴子用竹篮子提着水回来,放在老猴子面前时,老猴子看呆了。好一会儿才回过神来说:"哎,谁说竹篮打水一场空?只要肯动脑筋,竹篮子也能打水啊!"

机智的公鸡

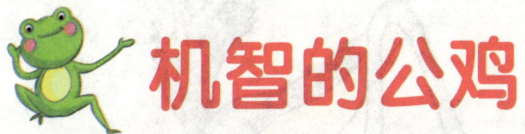

狐狸抓住了母鸡,送给了虎王。母鸡流着眼泪说:"尊贵的大王,我这样一只小鸡,真不配你享用。"

虎王想了想说:"好吧,这次放了你。不过你不能再让狐狸抓住了。"

过了几天,有一只公鸡也让狐狸抓住了,也被送给了虎王。

虎王看着公鸡,大声问:"你是上次狐狸抓到的那只鸡吗?"

"我是第一次来这里。"公鸡说。

虎王不高兴地站起来:"你再说一遍。"

"大王,我是第一次来这里,上次是母鸡来这里,托您的福放了它。"

"那只母鸡好吗?"

"它已经被狐狸吃了。"

虎王大吼着扑向狐狸。

狐狸忙申辩道:"公鸡说的是假话啊!"

这时,公鸡悄悄地溜走了。

 聪明的鸭子

有一只鸭子被狐狸逮住了,狐狸正要把它吃掉,鸭子忽然想出个主意来,忙对狐狸说:"反正我是逃不了啦,难道你还不放心吗?"鸭子说。

"当然放心啦!"狐狸肯定地说。

"你知道吗?我会学狐狸叫,而且比真狐狸叫得还好听呢!"鸭子自豪地说。

"得了吧,鸭子哪能学狐狸叫!"狐狸不相信地说。"反正你是逃不掉的。我倒要看看这件新鲜事!"一边说着,狐狸一边把鸭子放了。

鸭子一离开狐狸,一拍翅膀,立刻按鸭子的声音叫了起来。狐狸听了,忙摇摇头说:"这哪像我们狐狸叫!我们狐狸是这样叫的。"狐狸就叫唤起来。

狐狸正张嘴大叫的时候,从村子里窜出一只狗来。原来鸭子知道村边的人家里养着狗呢,狗的耳朵最灵,听见狐狸叫唤,准会跑来捉拿。狐狸最怕狗,一见狗追上来了,吓得也不再叫了,也顾不得吃鸭子了,撒腿就逃命去了。

学会转移别人的注意力,来使自己脱险。

猴子和狐狸

森林里举行动物大会,要求每个动物都要表演节目,根据大家对它们表演的满意程度来推选森林之王。在会上,猴子大显身手,大家对它的表演非常满意,一致推选猴子做森林之王。

无论何时,都要保持清醒的头脑,不要轻率行动。

狐狸对猴子被选为森林之王十分嫉妒。一天,狐狸在一棵大树下面发现一个捕兽夹子,夹子里夹着一块肉,心里有了主意。

狐狸跑去对猴子说:"大王,我发现了一个宝物,想留给大王做贡品。不过我没有本事拿来,您最好亲自去取。"自从当上森林之王以后,猴子早已经变得不可一世,觉得自己什么都不怕,于是就让狐狸带路。

到了那棵大树底下,狐狸指着捕兽夹子说:"就是这个东西,你看上面还有肉呢!"

没等狐狸说完,猴子便轻率地跑上前去,结果被夹子夹住了。当它斥责狐狸陷害它的时候,却听狐狸说道:"你这笨蛋,凭你这点小小的本事,还想做森林之王吗?"

醉酒的猴子

有一天,一个猎人走进树林,他感觉到有点口渴,就从背囊中拿出水壶喝水。就在猎人要将水壶放回背囊的瞬间,一群猴子抢走了猎人的水壶,也像猎人那样轮流地喝水。

第二天,这群猴子又看到昨天的猎人挑了两桶水来到这片树林。他盛了一碗水喝,然后离开了树林。这群猴子高兴坏了,你争我抢地喝起来。

这时,一只小猴子高声说:"别喝了,这不是水!"其他猴子都哈哈大笑,说:"不是水是什么?你看它不是和水一样吗?"它们不理会这只小猴子的话,不一会,两桶水就见底了。只见这群猴子一只只开始东倒西歪地倒在地上,原来桶里装的是酒。

这时,猎人拿着口袋来到树林中,除了那只小猴子外,其他的猴子都被猎人装走了。

猴子捞皮球

淘气的小猴子捡到一只皮球,觉得很好玩,就又蹦又跳地拍皮球,结果皮球蹦到不远处一个小口大肚的罐子里。小猴子在罐子旁边转来转去,可怎么也拿不出来。

这时候,天空飞过来一群乌鸦,呱呱的叫声让猴子想起了"乌鸦喝水"的故事。小猴子想:乌鸦够不着瓶子里的水,就不断地往瓶子里投石头,使水涨起来,我为什么不往罐子里灌点水让皮球漂起来呢?

小猴子看到不远处有一盆水,就把盆子里的水倒进罐子里,皮球马上就浮到了罐子口上,小猴子顺利地拿到了皮球。

猴王模仿

从前,有一个卖烟斗的人,他背着一袋烟斗在翻越一座大山时,觉得很累,便放下袋子,坐在一棵大树下休息,不料却睡着了。

等他醒来的时候,发现身旁的袋子不见了,抬头一看,树上有很多猴子,而每只猴子的嘴上,都衔着一支烟斗。他十分惊慌,因为如果收不回烟斗,他将无法养家糊口。

突然,他想到猴子喜欢模仿人的动作,他就试着举起右手,果然猴子也跟着他举手;他拍拍手,猴子也跟着拍手。

他想,机会来了,于是他赶紧把嘴上衔着的烟斗拿下来,丢在地上;猴子也学着他,将烟斗纷纷都扔在地上。

卖烟斗的高高兴兴地捡起烟斗，回家去了。回家之后，他将这件事告诉了他的儿子和孙子。

后来他的孙子继承了家业，有一天，他在卖烟斗的途中，也跟爷爷一样，在大树下睡着了，烟斗也同样被猴子拿走了。

孙子想到爷爷曾经告诉他的方法。于是，他举起右手，猴子也跟着举右手；他拍拍手，猴子也跟着拍拍手。果然，爷爷所说的话真的很管用。孙子接着把嘴上衔着的烟斗扔到地上，奇怪的是那群猴子并没有把自己的烟斗，扔到地上，而且还两眼直直地盯着孙子。

正在孙子着急的时候，猴王出现了，它把孙子丢在地上的烟斗捡了起来，衔在自己的嘴上，还用力地对着孙子的后脑勺打了一巴掌，说："别自作聪明，只有你有爷爷吗？"

猎人与猴子

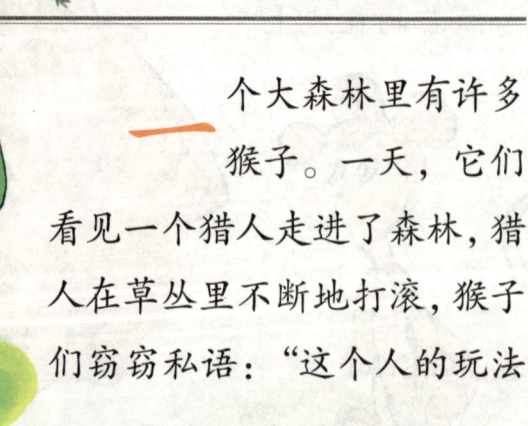

一个大森林里有许多猴子。一天，它们看见一个猎人走进了森林，猎人在草丛里不断地打滚，猴子们窃窃私语："这个人的玩法

可真不少,我们如此聪明,人类那点新鲜玩意儿,我们要学简直是易如反掌,干吗不试一试呢!"

猴子们决定,等猎人走了,就开始模仿。过一会儿,猎人果然走了,但他偷偷地布下了罗网。

"嗨,快来吧!"猴子们嚷道:"别错过了机会,看谁模仿得最像,谁就做我们的大王。"猴子们争先恐后地从树上跳下来,一个筋斗就翻进了猎人布置的罗网里,它们在里面又跳又闹,玩得特别开心。

当猴子们玩累了,想出去时,才发现它们被罗网包围住了。罗网越收越紧,它们一个个束手就擒,被猎人装进了口袋里。

人与猴

在动物园里,有个人指着笼子里的猴,对身旁的儿子说:"你知道这种动物叫什么名字吗?"

"不知道。"儿子看着上蹿下跳的猴回答。

"记住,儿子,"大人说,"这种动物叫猴,是专门供咱们人类开心的。"

"何以见得呢?"儿子问。

"不信,你瞧,"这个人说着,从包中摸出一颗花生,朝一只大猴背后扔去,只见大猴急转身,略一迟疑,却用嘴接住,然后再用爪子从嘴里取出来。剥开吃掉,显得很滑稽。儿子笑起来,说真有意思。大人也被大猴的举动逗得很开心,便来了兴致,又将另一颗花生扔进去,还是扔向大猴身后的地方,大猴故技重演,转身,跳起来用嘴接住,用爪子取出剥开,放进嘴里。

大人受了鼓舞,便不断地扔,大猴便不断地这样接,接住吃掉,或给身边的小猴。

直到一大包花生全部扔完了,大人才带着

儿子一步一回头地离开。

路上儿子问大人:"你为什么将花生扔到大猴的背后呢?"

大人得意地笑了,说:"猴子翻来覆去地来回折腾才有意思啊?"

小孩信服地说:"爸爸,你真行!"

大人又说:"猴子这种动物自以为挺聪明,其实被咱们耍了,它还不知道呢,真可悲!"

而同样时间的动物园里,大猴指着笼子外的人,问小猴知道不知道这种动物叫什么名字。

"不知道。"小猴望着指手画脚的人回答。

"记住,孩子,"大猴说:"这种动物叫人,是专门供咱们猴子开心的。"

"何以见得呢?"小猴问道。

"不信你等着瞧吧。"这时,适逢有个大人往笼子里扔花生,扔向大猴背后,大猴急转身,略一思忖,用嘴去接住,然后再用爪

子从嘴里取出，剥开吃掉，显得很滑稽。终于，那人把一大包花生全部扔给了猴子。

他们走后，小猴问大猴："你为什么用嘴去接扔进来的花生？"

大猴得意地笑了，说："如果我用爪子去接，他们还会扔吗？"

小猴信服地说："妈妈，你真行。"

大猴又说："人这种动物自以为挺聪明，其实被咱耍了，他们还不知道呢，真可悲！"

睿智的老猴

猴子王国是一个出演说家的国度，健谈者不计其数。他们可以围绕某个话题争论不休，一个又一个滔滔不绝的辩手各展口才，把森林吵得不得安宁。

不知什么原因，天气在变坏，森林里的动物在减少，王国面临生存危机。国王下令让猴子们讨论一下该怎么办，猴子们当即炸了锅。随后便提出了几个方案，一是坚守；二是向邻国发动战争，掠夺资源；三是加快科研步伐，改良食物，扩大食物品种。围绕这些话题，正反双方进行了数百轮的激辩，谁也没能说服谁，王国一片混乱，无所适从。

一个叫默臣的老猴什么也没说，他告诉家人准备迁到别的森林，当大家仍在吵嚷的时候，他们家族已经备好行装，准备另寻出路。猴王问它为什么？默臣回答道："我听了大家的辩论，都有道理，但我还听到别的。我在树上听到了老虎说过森林在缩小，它已猎不到足够的食物准备搬走了；我听到苍鹰说，几十个伐木队正在往森林开来；我听到喜鹊说，人们准备把森林变成良田。人来了，没我们的生存空间了，走吧！所有的猴子都不说了，都灰溜溜地跟着老猴子搬家了。

两只狐狸

一只老狐狸，在山野里疲惫地走着。它奔波了一整天，没有吃到一点东西，饥饿正在折磨着它。

忽然，它看见草丛里有一只年轻的狐狸，正抓住一只山鸡要吃。老狐狸刚要扑过去争食，只见年轻的狐狸紧紧把住猎物，两眼露出凶光嗥叫着，摆出一副拼命的架势。老狐狸思忖着，用武是要吃亏的，只能智取。它远远地蹲在一边，终于想出一个主意。

于是它装做不以为然的样子，连声叹气。

"你叹什么气？"年轻的狐狸一面拔山鸡身上的毛，一面瞪着老狐狸说："你饿得难受，想吃，对吧？"

"我叹气，是因为我们狐狸家族出了你这样一个不肖子孙！"老狐狸见年轻的狐狸已经撕开山鸡的胸脯，仍不慌不忙地说，"我们狐狸的名声全让你败坏了！"

"什么不肖子孙？"年轻的狐狸吃着山鸡肉说，"难道我把自己捕获的猎物供你食用，狐狸的名声就好了？"

"不，不，"老狐狸见年轻狐狸已经把山鸡胸脯上的肉吃光，有点急了，可它仍然不慌不忙地说："我们狐狸历来只吃野兔、田鼠一类地上跑的动物，山鸡却是万万吃不得的！"

"为什么？"年轻的狐狸开始吃山鸡的大腿。

"因为山鸡是山野最美的也最受人们喜欢的飞禽。"老狐狸见年轻狐狸吃完山鸡腿，心里更急，但它还是不慌不忙地说："伤害了它，山野里所有的动物都会骂我们的！"

"那就让它们骂去吧！"年轻的狐狸开始吃山鸡的臀部了，这儿的肉最厚，年轻的狐狸得意地吧嗒着嘴说："我只知道山鸡肉好吃，说什么也白搭。"

"山鸡肉有毒，不能吃！"老狐狸见山鸡肉马上要被年轻狐狸吃个精光，就不顾一切地冲上去大叫："剩下一点肉吧，不然你会被毒死的！"

年轻的狐狸先是一怔，跟着就大口地把山鸡肉吃光，它舒舒服服地躺在草地上说："让我这个不肖子孙快快死掉吧，我死后，狐狸的名声也不会好起来的。"

老狐狸用尽了智谋，最后也没有得到一块山鸡肉，因为它的对手也是一只狐狸。

狐狸妙抢食物

有一天，狼在森林里找到猎物，正要回去享用时，巧遇狐狸。

狐狸:"你在做什么呀?"

狼:"没什么,你呢?"

狐狸:"我正在跟你说话呀,嘻嘻!"

狼看到狐狸说话的态度根本就是不怀好意,不想理它,于是准备转身赶快回去。

狼走了没几步,就听到狐狸惨叫:"救命啊,快来救救我啊!"

狼回头一看,只见狐狸倒在地上,好像脚受伤的样子。

狼:"你刚才不是还好好的吗?"

狐狸装得很可怜,说:"我正要走开时,被地上一根大铁钉扎到脚底了,疼死我啦,你帮我拔掉好不好?"

狼犹豫了一下,本来想不理它,但是又觉得见死不救不太好,只好勉强答应狐狸。

谁知道,就在狼低头要帮狐狸拔铁钉时,狐狸突然用力踹了狼一下,然后把狼的食物抢走,逃逸无踪,留下悔恨的狼。

充满哲理的智慧故事

狐狸智斗老虎

老虎是山林大王，小动物们都怕它。但狐狸却说："我想到大王那儿去'借'点肉食，我库存的不多了。"小动物们都以为它吹牛，没想到狐狸真到老虎家去了。

"为了宣扬大王虎威，我们电影制片厂准备为您拍个故事片。"

老虎从来没有在银幕上露过脸呢，它来了兴致。"故事情节如何?"它问。

"回陛下，情节是这样的：上帝把大王缚在椅子上，然后命令天神来惩罚您。可您挣脱绳索，打败了天神。"

老虎立即同意拍电影。这天，狐狸抬了架摄影机来了。它把老虎缚在椅子上，接着打开老虎的食品柜，将好吃的尽数拿走。

老虎感到事情不妙:剧情怎么变了呢?于是,它尽力要挣脱绳索。但是绳子绑得很紧,它挣不脱。

"现在剧情只好改了,天神不惩罚你了,它带着食品回天庭复命了。"说罢,狐狸夹着食品走了。

老虎与狐狸

狐狸是动物世界里不大不小的家伙,它没有雄狮的力量,也没有骏马的速度,更没有苍鹰的翅膀,可它却生活得很好,因为它有比别的动物更聪明的大脑,而且它还意识到这一优势。

一天狐狸在森林中遇到老虎,想逃已不可能,只好大着胆子走上前,对老虎说:"你敢吃我吗?我是上帝派来管理百兽的。"老虎根本不相信。狐狸说:"你跟在我后面,一看便知!"老虎好奇地跟着狐狸。森林中的百兽见老虎来了,四处逃窜。

"怎么样,老虎,我没骗你吧!"老虎信以为真,放了狐狸。

自讨苦吃的小鸟

狐狸在森林里为非作歹，小动物们都对它恨之入骨，平日里大家对它都避而远之。

一天早上狐狸醒来，想去森林里找点好吃的，它已经很久没有沾过荤了。但是转悠了好几圈，都毫无收获，它索性坐在一棵树下休息。这时一只早起的鸟儿站在树上，准备练习飞的本领，恰巧被狐狸看到了。

"鸟妹妹，你起的这么早的，这是要干什么呀？"狐狸假惺惺的问。

"关你什么事！"鸟儿警惕地说道。

"呵呵，鸟妹妹大家都住在森林里好歹也是邻居一场，相互关心都是应该的，再说了指不定我还能帮上你呢！"狡猾的狐狸辩解道。

鸟儿很快被狐狸的这番真诚感动了。因为自从上次它腿受伤以来，几乎没有人来关心它。于是，鸟儿开始向狐讲述自己的遭遇，以及最近练习飞的过程中，万一不小心还会摔下来，加重腿伤。

听了鸟儿的话，狐狸煽情地说道："鸟妹妹，你真不走运，不过没关系，你放心飞吧，万一你不小心摔下来我会接住你，不让你受伤的。"

鸟儿听了狐狸的话，成功心切，立刻飞了起来，可是刚起飞一会就摔下来了，狐狸果然按自己承诺的将鸟儿接住了。不过，它死死地捏住鸟儿的脖子不肯放手，任凭鸟儿怎样挣扎都不起作用。狐狸看着到手的美味，开心地享用起来了。

可怜的鸟儿，轻易相信敌人，只能是自讨苦吃了。

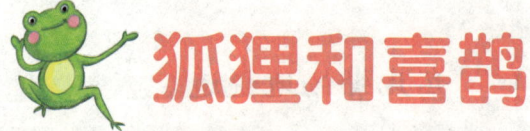 狐狸和喜鹊

有一天，狐狸肚子饿极了，想找点吃的，却什么也没有碰到。它来到一棵大树底下，树上的喜鹊吵吵闹闹的，好不快活。

喜鹊的活动引起了狐狸的注意，它躲在草丛里，偷偷

地进行观察。它发现这些鸟儿胆子很大,常常飞到树下来找食物,有时连动物的尸体也要啄上几口。

狡猾的狐狸眼睛一转,心里盘算着:"让我来碰碰运气吧!"

于是狐狸走到大树边躺了下来,脚爪僵直着,嘴巴张得大大的,装得像真的死了一样。

树上的喜鹊发现了这只"死"狐狸,喜出望外,纷纷飞了下来。一只小喜鹊一跳一跳地来到这个皮毛火红的"尸体"面前。它听说过,狐狸的舌头又嫩又脆,是最好吃的。于是它不加思索地将自己的脑袋伸进了狐狸的嘴巴里去了。

谁知它还没有找到舌头,就被装死的狐狸紧紧地咬住了。

狐狸和乌鸦

有只乌鸦偷到一块肉,衔着站在大树上。路过此地的狐狸看见后,口水直流,很想把那块肉弄到手。它便站在树下,大肆夸奖乌鸦的身体魁梧、羽毛美丽,还说它应该成为鸟类之王,若能发出声音,那就更当之无愧了。

乌鸦为了要显示它能发出声音,便张嘴放声大叫,而那块肉掉到了树下。狐狸跑上去,抢到了那块肉,并嘲笑说:"喂,乌鸦,你若有头脑,真的可以当鸟类之王。"

又一回狐狸看见乌鸦衔着肉,又来吹捧它诱它开口。乌鸦经过上一次的教训,无论狐狸说多么谄媚的活它都不开口。于是,狐狸改变策略,大骂乌鸦,说它羽毛全是黑的,很难看,又说它是哑巴,等等。乌鸦禁不住狐狸的攻击咒骂，想要开口还击，结果一开口肉就掉了下来，使得狐狸又一次成功地把它的肉骗去了。

乌鸦喝水

乌鸦口渴得要命，飞到一只大水罐旁，水罐里的水不多，它使劲地把自己的长嘴伸到罐里，试图接近水面，但仍够不到。于是，它就使出全身力气去推，想把罐推倒，倒出水来，而大水罐却推也推不动。这时，乌鸦想到了一个好办法，用口叼着石子投到水罐里，随着石子的增多，罐里的水也就逐渐地升高了。最后，乌鸦高兴地喝到了水，解了口渴。

狐狸和羚羊

一只面部长满棕灰色条纹的羚羊，在山林里遇见了一只狐狸。

羚羊小心地

说:"尊贵的狐狸先生,你好。"

"羚羊老弟,多日不见,你的脸怎么长出条纹,变得这样难看?"

"我生下来就是这副模样啊!"

"这绝不可能,你小时候我见过,长得漂亮极了。"

羚羊听了心里不是滋味,叹了口气,说:"那有什么办法呢?"

"咳,你只要相信我,我可以使你恢复原来美丽的面容。"狐狸随便说着。

"那好,我听你的。"为了美丽的面容,羚羊同意了。

"那就把你的犄角锯下来,送给我。"狐狸说。

羚羊真的锯下犄角,给了狐狸。

狐狸拿着羚羊的犄角笑着说:"可爱的老弟,现在你把头伸进河水里,很快就能消除脸上的条纹,变得美丽动人。"

羚羊跟狐狸来起河边,还没醒悟过来,已被狐狸推进河里。

 足智多谋的小灰兔

一天,狐狸肚子饿了,在森林里转来转去,想找点吃的。

路过一条小溪时,狐狸忽然看见一只灰兔在小溪边吃草。便悄悄走过去,一把抓住了它。狐狸看着手中胖胖的灰兔,心想足够自己美餐一顿了,不由轻轻地哼起了小曲。

正在狐狸乐滋滋的准备吃灰兔时,一只金钱豹猛地从树丛中钻出来,突然出现在狐狸面前。

狐狸见躲闪已经来不及了,就把灰兔恭恭敬敬交到金钱豹的手中,讨好道:"豹大哥,我知道你要来,所以特意抓了一只灰兔在这里恭候多时了,请您收下。"

金钱豹一听这话可高兴了,它一边高高兴兴地接过灰兔,一边对狐狸说

"我正饿得很呢!你真是太了解我,知道在我最需要什么的时候出现。我以后一定会好好感谢你!"

狐狸连忙附和道:"豹大哥,您是万兽之王,为您服务是我的责任和荣幸。"说完在心里暗暗想着:金钱豹吃了灰兔,很可能又要吃自己,三十六计我还是走为上策。乘金钱豹不注意,悄悄溜走吧!于是,它拔腿就逃。

站在一旁的灰兔一眼就看出穿了狐狸的心思,它连忙急中生智,装出要呕吐的样子,对金钱豹说:"你要吃就快点吃罢,我刚才误吃了有剧毒的草,现在正难受呢!可能毒性马上就要发作了!"

金钱豹听了灰兔的话,半信半疑说:"这是真的吗?"

灰兔装出痛苦的样子,说:"哎约,我难受死了。你快吃了我吧,别像狐狸那个胆小鬼,不敢吃我!"

一听这话,金钱豹赶紧把灰兔丢在一边。咬牙切齿地吼叫:"这该死的狐狸,怪不得它逃得这么快,原来是想用有毒的兔子来害我,我绝不放过它!"说完金钱豹飞快地朝着狐狸逃跑地方向追去。

灰兔乘机钻进了附近的洞里,躲了起来。

有心计的小皇帝

有一天,小皇帝在大臣和侍卫的簇拥下,到皇宫的花园中散步。他看到树上结了很多青梅,便信手摘下一颗,想放到嘴里尝尝。这时一个内侍说:"陛下,青梅还没熟透,吃到嘴里会很酸,用蜂蜜拌了再吃会更好。"小皇帝就吩咐他去拿蜂蜜。

不一会儿,内侍端来了蜂蜜,迅速拌好了青梅。小皇帝接过正要品尝,忽然发现蜂蜜里有一粒老鼠屎。内侍忙说:"不关我的事呀,陛下!肯定是库房主管失职,致使库房闹了鼠害。"

小皇帝没有说话,他用手掰开鼠粪,仔细端详后,厉声说:"大胆内侍,竟敢载赃他人!"内侍吓得跪倒在地:"陛下明查,是小臣我干的,前几天我找库房主管要些蜂蜜,他不给我,我就想报复他……"

大臣们都凑了过来,其中一人问:"陛下

怎知是内侍栽赃他人呢？"小皇帝说道："假如库房闹了鼠害，那么这么小的鼠粪就会被蜜浸透，内外都很湿软，而这粒鼠粪外边湿了，里面却是干的，说明是刚刚放进去的。除了他，还会是谁呢？"

小老鼠斗猫

一群老鼠在一起开会，商量用什么办法对付猫的骚扰。

会上，老鼠们各有各的主张，但都被否决了。最后一只小老鼠站起来提议，它说："在猫的脖子上挂个铃铛，只要铃铛一响，我们就知道猫来了，便可马上逃跑。"大家非常赞成它的建议。

有一只年长的老鼠说："小老鼠的这个办法是非常绝妙，但还有一个问题需要解决，那就是：派谁去把铃铛挂在猫的脖子上呢？"

年长老鼠的问题一下子把大家难住了，老鼠们一致认为小老鼠的提议不能实行。但小老鼠想出了一个可以实行

的计策："我们可以偷一块腊肉和一片安眠药,将安眠药塞进腊肉中,趁猫外出时将腊肉放在猫窝里。只要猫吃了有安眠药的腊肉,我们就可以把铃铛挂在猫的脖子上。"

最后,老鼠们通过讨论,一致同意小老鼠的方案,成功地将铃铛拴在了猫的脖子上。

聪明的小老鼠

一只狐狸拎着一篮花生,来到森林里,对小动物们说:"要是谁能讲个故事让我说出'没有'两个字,我这篮花生就送给谁。"

小动物们听了狐狸的话,你看看我,我看看你,没人作声。

有只小老鼠,一拍脑门,便讲了起来:"一只小蚂蚁走到一条大河边,正要过桥,迎面走来了一只大象。小蚂蚁拔出拳头对准大象的肚皮就是一拳。大

象在独木桥'骨碌骨碌'滚了两下，好不容易爬起来，看见你妈妈——狐狸老太太来了。大象卷住你妈妈，使劲一甩，你妈妈'扑通'一声被甩进了河里。4只小老鼠看到了，急忙一起游过去救起了你的妈妈，你妈妈说：'小老鼠，谢谢你们！我回家一定要把你们救我的事，告诉我的儿子，让它好好感谢你。'"

小老鼠讲到这里，停了停问："狐狸先生。你妈妈有没有告诉你这件事?"

"有，谢谢你们。"狐狸煞有介事地点点头，就是不说"没有"两个字。

小老鼠看了看那篮花生，搔了搔头皮，想了想，继续讲："4只小老鼠救了狐狸老太太的事，一传十，十传百，传到了狮子大王的耳朵里。狮子大王想见见4只小老鼠，就命猪警官去把它们找来。猪警官带领999名荷枪实弹的士兵，从早找到晚，一直没找到。等它回宫一看，4只小老鼠就站在狮子大王身旁。你猜，是谁找到4只小老鼠的呢?"

狐狸想了想说："是他们自己跑进王宫里的，对吗?

"对!小老鼠竖起大拇指说,"您真聪明,大家请鼓掌!"

小动物们跟着一起鼓起了掌。狐狸的脸上露出了甜甜的笑,心里好得意啊!

小老鼠又继续往下讲:"狮子大王为4只小老鼠举行庆功宴。宴席上好菜不断。其中有最好吃的'油炸花生米'。4只小老鼠有个习惯,每次吃饭,它们会不约而同地把4双筷子伸向同一盘菜;请你再猜一猜,现在这4双筷子同时伸向那盘菜?"

"油炸花生米!"狐狸很自信地说。

"猪警官告诉你的?"小老鼠追问了一句。

"没有,没有,没有!"狐狸急忙辩解道,"是我自己猜到的。"

"聪明的狐狸,我们一直在等你说'没有'两个字啊!"小老鼠拎起地上的一篮花生,分给小动物们吃。

狼与羊

有一只狼在山道上遇见到了一只羊。狼说:"哈哈,宝贝儿,你来得太是时候了,刚好我饿了,我要吃掉你。"

"狼先生,你想吃了我,可能是你一厢情愿吧,我要提醒你注意的是:我不是一只软弱的羊,我的力气很大,足以战胜一头牛,不信,你可以让我试试。"

狼哪里肯相信?于是它找来一头力大无比的公牛,让它与羊搏斗。为了防止羊临阵脱逃,狼把羊和公牛关在同一间石屋里,自己则坐在门口等候。

开始,狼在门外听见里面传来一阵阵咚咚的声响,后来,声音渐渐变弱,最后,完全没有了声音。

"哈、哈、哈,说大话的羊一定被公牛打死了,该我去品尝美味了。"狼狂笑着,打开了石屋的门。

然而,从石屋里昂首阔步走出来的,不是那头高大威武的公牛,而是那只矮小瘦弱的羊。而那头公牛,则躺在地上喘着粗气,它的犄角已经折断,满头鲜血淋淋,连站起来的力气都没有。

"上帝啊,那只羊到底用什么方法把你打得如此惨啊!"狼忍不住怪叫起来。

"唉,真丢人啦,

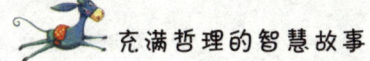

其实,我是被自己的蛮力打败的,当我每次鼓足力气冲向羊时,它都灵巧地向旁边一闪,而我则硬生生地撞在石头墙上。我越扑空越生气,越生气越冲撞,结果就把自己撞得头破血流,而那只羊呢,则越躲越灵巧,越闪越得意。我就是在它的得意和我的暴怒中受了重伤的。"可怜的公牛一五一十地向狼交代了被羊打败的原因。

"这只该死的羊!真是太狡猾了,原来它是以退为进击败你的,我得赶快抓住它!把它撕成碎片,以解心头之恨。"

狼出门去找羊,但羊已跑得无影无踪。

会退避的羊,成了这场较量中的胜利者。

羊妈妈教子

一天,羊妈妈临出门时叮嘱小羊:"你们要提高警惕,无论是谁来家门口,你们都不要开门。如果是我回来了,我会给一个暗号。暗号是'狼和它的伙伴见鬼去吧',并且还要看一看来人的爪子。"

母羊说这话时,老狼正好经

过山羊的家门口。它听到这句话,心里高兴极了。可是狼太着急了,后边那一句话它没听清楚就跑了。

仔细倾听,仔细观察,才能使自己远离危险。

小山羊齐声说:"我们听明白了,请妈妈放心吧。"

母山羊一走,老狼就来了。它敲着山羊的家门,捏着嗓子说:"快开门吧,我是你们家里的客人。"

小羊在屋里听见有敲门声,齐声问:"你给我们说一说暗号。"

老狼说:"狼和它的伙伴见鬼去吧。"

小山羊听了暗号后,又低着头从门缝底下往外瞧,一看就知道是老狼的爪子,当然不会开门了。

联合制狼

一只羚羊屡屡受到一只名叫沃夫的恶狼的追捕,它必须想办法摆脱这一困境。通过一段时间的调查,它得知沃夫是草原上的恶魔,偷吃过一头牛刚生下的牛犊,拖走过骏马家族中的小马驹。

于是，羚羊找到强壮的骏马和长着尖利长角的牛，和它们商量："二位老兄，为了我们的安全与幸福，我希望咱们团结起来，杀掉沃夫，这也是为你们的子女复仇。"马流下了泪："羚羊，你说怎么复仇，我听你的。"牛红了眼："杀掉沃夫，我第一个向前冲。"

羚羊说："好，马兄，不要难过，听我的，请你藏在这棵树后，等我把狼引来，你就把它踢到土坡下。牛哥，你埋伏到土坡下，等沃夫滚下去，你就用长角把它抵死。"牛马都同意了羚羊的安排。

于是，羚羊装着若无其事的样子在沃夫经常活动的地方四处张望。沃夫不知是计，前来追杀，最终被羚羊、牛和马联合杀死了。

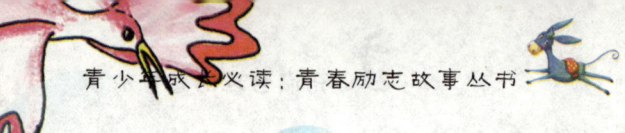

热水鱼

热水鱼真怪,在零上五十多摄氏度的热泉里,生活得非常自在,如果放到一般的江湖中,反而会冻僵。

有一条热水鱼,不知怎么游进了一个水池。在那里,它的血液越流越慢。当它那快要冻僵的身体在水面上不由自主地漂来漂去的时候,一只白鹭飞来了,惊喜地叫着:"好一顿现成的美餐!"热水鱼看到这个食鱼大王,镇静地说:"谁都晓得你是鸟中最高雅的先生,难道你不知道吞食又腥又脏的生鱼是一种最粗俗、最野蛮的行为吗?"

"那你说我该怎么吃呢?"白鹭问。

"你看,高贵的人不都是把食物烧熟后再吃吗?你把我叼到热泉里烫熟后再吃,才是一种文明的吃法。"

白鹭想:"放到热泉中你

不要用习惯性的思维思考问题,因为很多事情并非我们想象的那样。

肯定活不了,反正你逃不出我的口。"

白鹭衔起热水鱼飞到热泉,把它扔了进去。热水鱼一进去马上精神起来。它一边吐水泡泡玩,一边嘲笑白鹭:"高雅的先生,感谢你救了我的命。要是你不怕自己被烫死的话,那就请下来吃我吧。"白鹭气得目瞪口呆。

鱼和钓鱼竿

有四个穷人得到一个善良的人的帮助,得到了两篓鱼和两根钓鱼竿。当时这几个人已经饿得不行了,他们商量着把好心人给的鱼和钓鱼竿分了。两个人得了鱼,另外两个人得了钓鱼竿。

一个得了鱼的人赶紧找个地方烧火烤鱼吃,他狼吞虎咽地吃着,一篓鱼一下子吃了个精光。后来,他又挨饿了,终于被饿死了。

一个得了钓鱼竿的人,心想赶紧钓到鱼,于是他马不停蹄地长途跋涉去

> 只有精诚合作,才能获得成功。

寻找大海。由于他已好几天没吃东西了,他抱着钓鱼竿也饿死在半路上。

另外两个得了鱼和钓鱼竿的人没有急于吃掉鱼,也没有急着去钓鱼。他们商量着怎样利用这篓鱼和钓鱼竿解决温饱问题。他们每次节约着吃鱼,一起寻找大海,一路上互相搀扶,最后终于到了海边。他们用钓鱼竿钓到了足以维持生计的鱼儿。经过几年艰苦奋斗,节衣缩食地劳动,他们终于过上了衣食无忧的日子。

群鱼斗渔网

渔夫的篮子里装满了各种各样的鱼,有鲤鱼、鳗鱼、狗鱼,冬穴鱼和一些叫不出名字的鱼。这些鱼都是靠那张大渔网捕捞的,他捕起鱼来可厉害了。

凡是打捞到的鱼,不分大小,全都送到市场上去。有的下了油锅,有的进了沸汤,一阵痉挛挣扎之后,全都悲惨地结束了生命。侥幸留在河里的鱼儿,早吓得失魂落魄,惶惶不可终日,它们再不敢擅自游动,而是把自己的身体

深深地钻进淤泥里。这样的日子实在是不好过。

鱼儿们都知道,单独一条鱼是斗不过渔网的。因为渔网每天都在最料想不到的地方撒了下来,无情地毁灭着鱼群。照此下去,这条河里的鱼过不了多久就会消失殆尽。

有一天,鱼群们聚集在一块大木头下面,召开紧急会议。狗鱼情绪激动地说:"我们就算不考虑自己,也应当为我们子孙后代的命运好好想想。它们来到这个世界上,就有生存的权利。可是除了我们,谁还会关心它们?谁还能让它们免除那可怕的灾难呢?"

"我们又有什么对策呢?"冬穴鱼虽然敬佩狗鱼的勇敢精神,但它自己却十分怯懦。

"冲破渔网!"狗鱼大声地发出了宣告,它的意见也得到了与会者的一致赞同。

当天,鳗鱼把会议的决定传遍了河头河尾。接到它的通知,鱼群都向岸上有白柳遮掩的河湾深水区游来了,大鱼小鱼——它们的数目成千上万,游得可快了,聚集到约定的地点,誓死向渔网宣战。

鲤鱼见多识广、身手矫健,而且足智多谋,曾不止一次地咬破渔网,获得生路。因此大家一致推举它担任这次行动的总指挥,鲤鱼也义不容辞地答应承担起这个重任。

"请大家安静!"鲤鱼说,"渔网跟我们生活的这条大河一样宽。为了能让它在水里直立,我发现渔网的绳子上都拴着一些铅块。我命令你们分成两队,第一队负责把铅块扛到了水面上。第二队负责咬断网上的绳子。你,狗鱼,负责咬断把渔网固定在岸上的网绳。"

鱼群轻摆尾鳍,仔细倾听着首领的每一句吩咐。

"鳗鱼听令,我派你立即出去侦察。"鲤鱼接着又说:"你必须弄清渔网的准确位置。"鳗鱼高兴地领命而去。

鱼群聚集在水深浪静的河湾底下,焦急地等候消息。利用这段时间,鲤鱼游到了胆小的洞穴鱼身边,为它们壮胆。鲤鱼告诉它们说,哪怕

是被网扣套住了也用不着惊慌，因为只要狗鱼咬断了网绳，渔夫就没有办法把渔网拖到岸上去。过了一会儿，鳗鱼回来报告说，渔网已撒在下游河道，离这里大概有一里左右。

于是，鲤鱼率领着它的鱼群，浩浩荡荡，像一支大舰队似的向战区挺进。

"大家都要多加小心！"鲤鱼游在队伍的最前面，他一边游一边向它的部属打着招呼。"一定要睁大眼睛，不要让湍流把自己卷进渔网里去。该停的地方要是不能立即停住，就摆动尾鳍顶住激流！"

战区越来越近了，灰蒙蒙的渔网出现在鱼群的前方，它正阴险地张开千百张嘴巴。

愤怒的鱼群展开了进攻。它们兵分两路，有的从河底拱起渔网。有的摸清了网绳的来龙去脉。狗鱼用它那锋利的牙齿几口就把网绳咬断了。河里像开了锅似的热闹，暴怒的鱼群并不因此而收兵。尽管渔网早已是破破烂烂，它们仍用尖利的牙齿咬住，用劲地甩动尾巴和鱼鳍，向四处撕扯，不久，渔网就成了无数的碎片。

河岸上的渔夫焦急得直搔头，好长时间都弄不明白渔网是怎么消失的。至于那些至今还在大河上下随波嬉戏的鱼儿，他们仍在无不自豪地对自己的孩子们讲述着当年的这场圣战。

鱼鹰的下场

有一个人有一片鱼塘，每天都得靠这片鱼塘赚些钱来养活家人。可是鱼塘附近有好多鱼鹰常常来抓鱼吃，养鱼人为此很发愁。

有一天，养鱼人灵机一动，想出个好办法。他扎了一个稻草人，让它伸开双臂，穿着蓑衣、戴着斗笠，还拿着一根竹竿，好像一个养鱼人的样子。起初，鱼鹰以为是真人，因此，一点都不敢接近它。那几天，鱼鹰果然没再来吃鱼。可是渐渐的鱼鹰就发现这是假人，又飞下来啄鱼吃。养鱼人决定另想一个办法。

趁鱼鹰不在的时候，养鱼人悄悄地把草人拔出来了，自己披上蓑衣，戴上斗笠，手里拿根竹竿，像草人一样伸开双臂站在鱼塘里面。

过了一会儿，鱼鹰又来吃鱼了。吃饱后，鱼鹰又飞

不要用一成不变的目光去看待事物，任何事物都是不断发展变化的。

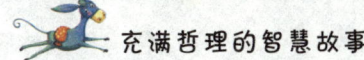

到斗笠上休息。养鱼人趁它不注意，一伸手就抓住了鱼鹰的爪子，鱼鹰怎么也挣脱不了。养鱼人笑着说："原先是假的，可是这一回是真的！"

会外语的老鼠

在一个漆黑的晚上，老鼠妈妈带领着小老鼠出外觅食，在一家人的厨房内，垃圾桶内有很多剩余的饭菜，对于老鼠来说，就好像人类发现了宝藏。

正当一大群老鼠吃得津津有味之际，突然传来了一阵令它们肝胆俱裂的声音，那是一只大花猫的叫声。它们震惊之余，便各自四处逃命，但大花猫绝不留情，穷迫不舍，终于有两只小老鼠躲避不及，被大花猫捉到，正要把它们吞噬之际，突然传来一连串凶恶的犬吠声，令大花猫手足无措，狼狈逃命。

大花猫走后，老鼠妈妈从垃圾桶后面走出来

说:"我早就对你们说,多学一种语言有利无害,这次我就因此救了你们一命。"

猫的智慧

一只老鹰在一棵大橡树上筑起了巢;一只猫在这棵树的树干上找到一个树洞;一只野猪带着小野猪住在这棵树树根的洞里。

猫想独占这个地方,便对老鹰说:"野猪天天挖土,想把这棵树连根拔掉。

树一倒下，它就会把你们的孩子抓去。"吓得老鹰心惊胆战。然后，猫又对野猪说："你的孩子非常危险，只要你出去，老鹰就会把它们叼去。"野猪听了也很害怕。

不要盲目地听信别人的话，只有经过调查分析，才能得出准确的结论。

老鹰因为害怕野猪，静静地坐在枝头，不敢乱走；野猪也害怕老鹰，不敢走出洞来。这样，老鹰和野猪都饿死了，猫的诡计得逞了。

老鼠与牛

生肖大赛开始了，比赛规则是谁先到达生肖大门谁就排第一，老鼠和牛都参加了。

老牛身强力壮，跑起来特别快，不一会儿就跑到很远的地方去了，老鼠身体比较小，哪里是老牛的对手啊，很快就成了参赛队员里跑在最后的一个。老鼠看到前面健步如飞的牛，想到自己无论怎么样加快速度都不可能最先一个到达终点，不禁伤心起来。

突然间老鼠想到了一个办法，趁着老牛休息的时候加快步伐跑到牛身边对它说:"牛大哥,您跑得这么快,冠军一定是属于你的了,看我,怎么跑都是倒数第一了。我知道您是个好人,您就让我骑在您背上吧,这样到了终点您是第一,也可以给我一个第二啊,这样我就感激不尽了。"老牛听完老鼠说的话,也觉得有理,反正第一都是自己的,就当是做件好事,或许还能得到玉帝的奖赏呢,就答应了老鼠的要求。快到终点的时候,老鼠看到终点线就在眼前,使出浑身力气从牛背上跳下来,第一个冲到了终点。

小老鼠运鸡蛋

两只小老鼠走出洞外觅食,发现了一只蛋,它们高兴万分。突然一只老鼠大叫了一声:"不好了,前面有一只狐狸过来了。"另一只老鼠抬头一看,果然看见狐狸朝这边走来。

两只老鼠使出全身的劲推这只蛋。可是,路上坑坑洼

凡事都有解决的办法,关键在于你是否能想到和做到。

洼,这样推下去,蛋准会摔碎的。一只老鼠着急地说:"老天爷对咱真不公平,好不容易看到了一只蛋,这下可好,一点儿也吃不着。"

另一只老鼠也急得浑身是汗,它看了看远处的狐狸,又看了看高低不平的路,忽然有了一个主意。它躺在地上,抱着蛋,对同伴说:"你赶紧拉着我的尾巴,使劲往洞里拖。快拖呀,别慢了。"

那一只老鼠明白了意思,赶紧抓住同伴的尾巴,死命往回拖。经过一番拼命地拖拉,鸡蛋和老鼠全部安然无损地回到了洞里。两只老鼠欣喜若狂,说只要肯动脑筋,没有解决不了的问题。

画 师

乌鸦、山鸡和松鼠三个画师给狮子画像。乌鸦先来画，它想，狮子骄傲凶残，必须画好它的威武外貌才行。画好后，狮子说："你画的不是威武的狮子，而是残暴的怪物！站在一边，等会儿我吃掉你！"

该山鸡作画了，它想，狮子不愿让人画它凶猛残暴的外貌，那就把它尽量画得温和善良。画好后，狮子说："你画的不是狮子，而是懦弱的绵羊！站在一边，等会儿我吃掉你！"

该松鼠作画了，它见狮子不讲道理，就想好了一个主意。它先画了狮子雄壮的外貌，然后又画它既威严又和善的神态。狮子见了松鼠画的像，高兴地说："这才是狮子的画像！松鼠，我要奖赏你。"

"先生，我不要你的奖赏。"松鼠

说:"只要你将乌鸦和山鸡放了。"

"为什么?"狮子不解地问。

"因为没有前两张画,我就画不出这第三张。"狮子见松鼠说得有理,只好将乌鸦和山鸡放了。

学会吸取前人的经验教训,这样才能不断进步。

机灵的小山羊

有一只小山羊在羊圈外面玩,不巧被一只狼碰上了。这只狼要吃掉它。小山羊便恳求道:

"狼大哥,放了我吧!我求你耐心的等到秋天,现在我还太瘦啊"

狼问:"你叫什么名字?"

小山羊说："我叫机灵。"

到了秋天，狼找来了。它在羊圈外拼命地呼唤着小山羊的名字。

"喂，机灵！喂，小山羊！"

小山羊在圈里听到了狼的呼喊，回答道："狼大哥我听到了！要是我不是机灵，现在我就不会躲进羊圈里来了。"

 牡蛎的智商

有一只牡蛎被渔夫捕到了，半路上，它从渔夫的网中掉到了沙滩上。它喘着粗气，脸色十分难看。"唉，我真害怕，在这儿我会死的！"牡蛎绝望地说。

这时，一只老鼠从这儿经过。牡蛎准备利用这从天而降的唯一机会。"老鼠先生，您的心肠这么好，肯定能把我带到海边去吧？"

老鼠看了牡蛎一眼，它可不是傻瓜，不能不想到，这个牡蛎又漂亮又肥大，一定有许多可口的、富有营养的精肉。

"可以！"老鼠回答，它已经决定要吃掉牡蛎。"不过，

为了把你带到海边,你得把壳张开一点。你的壳紧闭着,我怎么带你走呀!"

"哦,听你的!"牡蛎同意了。但是,它十分警惕地半张半开,因为,牡蛎也不是傻瓜。

老鼠立刻伸过嘴巴就咬。尽管它的行动很迅速,但牡蛎事先就预料到了这一步,一下子就夹住了老鼠的脑袋。

怀有害人之心,不仅危害他人,也会害了自己。

老鼠疼得吱吱叫。这叫声传到猫的耳朵里,猫立刻跑过来,捉住了老鼠。

公牛下小牛

从前,有一个勐密国,这个国有一个人人称赞的智者,人们都说世上没有这个人解决不了的难题。

这个传闻很快就传到国王的耳朵里，国王就想试试这个智者究竟有多少智慧。他派大臣把一头又大又肥的公黄牛交给摩约城的富商们饲养，说这条牛再有三天就要下小牛了，如果三天之内下不出小牛，就要用鞭子惩罚富商。世间的人都知道，公牛不会生小牛，可是谁也不敢出面与国王争辩。富商们聚集在一起哭笑不得，你看着我，我看着你，想不出对付国王的办法。最后，富商们只好牵着公黄牛去找智者问计。

"尊敬的智者啊！国王说这条牛三天之内就要下小牛，这明明是公牛，怎么会生下小牛呢？如果下不出小牛，我们就要挨国王的鞭子啊，哎……"富商们愁眉哭脸地说。

智者让富商们放心回去，说他自己有办法对付国王。富商们走了以后，智者请来两个朋友，告诉他俩如何对付国王的办法。

时间过了两天，智者的两个朋友才来到王宫前，第一个朋友先进宫里，对国王说："尊敬的国王陛下，您好。"

"你是从哪里来的？"国王问。

"我从摩约城来，有急事禀报国王。"智者的朋友焦急地说。国王一听他是从摩约城来的，急忙问道：

"我要你们那里的富商养的牛下小牛了吗？今天已经是第五天了，怎么还没有送来？"

"国王陛下，富商们按您的规定的日期来禀报陛下。我从水路来,看见火烧沙滩,浓烟滚滚,我只好绕道从森林里来,又碰见公象下小象,又吼又叫,吓得我不敢来,后来只好从山路赶来,所以来晚了。"

国王大发雷霆,说:"岂有此理,沙滩怎么会着火?公象怎么能生小象呢!"

智者的朋友从容不迫地说:"是啊,陛下,既然沙滩不会着火,公象不会下小象,那么您叫富商养的公黄牛又怎么会下小牛呢?"

国王张口结舌,可是心里却暗暗感到高兴,忙摆手要智者的朋友回去。这时智者的第二个朋友又进宫来,说:"国王陛下,您好!我从摩约城赶来,我父亲要生小孩子,肚子疼得大喊大叫。我父亲说只有国王才能营救他的命,请国王开恩!"

国王听后哈哈大笑,说:"好了!好了!这个办法是谁教你们的?"

智者的朋友便说道:"这些办法是智者想出来的!"

没有羽毛的蝙蝠

一只蝙蝠糊里糊涂地错进了黄鼠狼的家。黄鼠狼正在屋里睡大觉,忽然被一阵沙沙声弄醒了。它睁开眼睛一看,以为来了一只老鼠。

黄鼠狼对它呵斥道:"好大胆的老鼠,还敢自动送上门来。"蝙蝠一听吓坏了,忙说:"请你看看我的翅膀,我不是老鼠,老鼠没有翅膀。"黄鼠狼一看进来的家伙果真长了两只翅膀,于是就把蝙蝠给放了。

可是第二天,冒冒失失的蝙蝠又错进了另一只黄鼠狼的家里。黄鼠狼的太太正想捉一只鸟来解解馋,于是它对进来的蝙蝠说:"你来得正好,我们正想找一只鸟来开开荤呢。"

蝙蝠听到这话,脑子一转说:"你们居然把我看成是鸟。鸟是有羽毛的,你们仔细看看,我身上有羽毛吗？我是老鼠。"黄鼠狼仔细一看，也是啊，确实没有羽毛，那就放了它吧。

做沙绳

从前，在弥辟腊这个国家里，有个聪明人叫召玛贺，他很受老百姓的拥护，也受弥辟腊国王的器重，这件事引起了王府里四个大臣的不满。

有一天，四个大臣商量好要捉弄召玛贺。他们一起来到王宫里对国王说："尊敬的国王，您不是很喜欢召玛贺这个人吗？他聪明能干又有本事。您应当出道难题考考他，如果他能解答出来，那么可以把他选进宫里，直接为国王服务。"

国王一听这话，很感兴趣。他向四个大臣问道："你们说说看，出什么样的难题考他？"

四个大臣互相挤了挤眼，便把早已商量好的办法告诉了国王；那就是叫召玛贺用沙子做一根拴象的绳子，并限他一个星期做好。

国王想：拴象的绳子又粗又长又结实，沙子怎么能做绳子呢？四个大臣怕国王不同意，又赶忙说道："尊敬的国王，有本事的人任何事情都能成功，您该相信召玛贺……"国王终于点了点头。

第二天，四个大臣来到召玛贺家，告诉他："国王限你七天之内用沙子做一根拴象的绳子，七天后我们来取，如果做不到，就要砍你的头！"

召玛贺不慌不忙地说道："好吧，那七天后你们来取吧！"

四个大臣回宫后，立刻派了一名心腹人到召玛贺家打探消息，看他究竟如何做沙绳子？谁知一连六天都过去了，打探消息的人回来说如召玛贺没有任何动静，整天在家里睡大觉。四个大臣一听，不禁哈哈大笑："这下可难倒了召玛贺了！他做不出来的，解气，解气……"

第七天一清早，四个大臣大摇大摆的来到召玛贺家，开口就要召玛贺拿出沙子绳来。

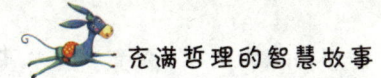充满哲理的智慧故事

召玛贺用手拍拍后脑勺："唉呀，真对不起，这几天很忙，我把这事给忘了。"

四个大臣一听，立刻吼起来："国王的命令不容违抗，今天已然是第七天了，交不出沙子绳就要砍你的头！"

召玛贺毫不在乎，慢腾腾地说道："别忙，别忙，我搓沙子绳子快得很，保证让你们今天取走。你们看，"召玛贺用手指指江边的沙滩，"那里沙子很多，我马上就动手搓沙绳，只是请四位大人回王府把原来用的沙子绳拿来给我做个样子，我保证搓出的沙子绳和你们要的一模一样。"

四个大臣一听，全都傻了眼。你看我，我看你，谁也说不出一句话来。这沙绳到哪里去找哟？他们没办法，只好灰溜溜回地到王府，把情况告诉了国王。

国王生气了，对四个大臣喝道："不可能做到的东西你们要别人做出来，明明是你们打坏主意害人，你们都不是好人！"四个大臣耷拉着脑袋，一言不发。

本来原先国王就想把召玛贺召进宫，因为这件事，召玛贺的聪明又一次博得了国王的喜欢。于是，国王将那四个大臣全部发配边疆，而把召玛贺召进了宫，辅助国王，把国家治理得越来越好。

智斗"江洋大盗"

在一个长满绿油油的青草的山坡上,有一只小山羊正在哼着曲子采野花。"咦,这是什么?好甜啊,是谁把糖放在这里的呢?哦,可能是那个嘴上有白毛的粗心的放蜂人留下的,想不到还有这样的粗心人。"小山羊喜滋滋地捧着这意外的收获向家走去。

"站住!小东西!手里捧着什么"小山羊冷不丁吓了一跳,抬头一看,不好,前面正站着三个在动物界著名的江洋大盗:凶神恶煞的狮子、阴险恶毒的豹子,还有长着长牙的狼。这几个强盗可是臭名远扬的,只要碰上它们准没命。小山羊从前听妈妈讲过一些如何智斗恶人的故事,今天只有以智来逃命了。"还愣着干什么?赶快回答老子!""嘻嘻,三位大爷好!我这里有一些好吃的食品,是刚从超市买回来的,既然今天三位大爷这么有口福那就孝敬三位大爷了。不过，我先要教大爷如何吃这食品才更有味道和有营养价值。"

"怎么个吃法？""很简单，只要用一小块豹子皮包着食品吃就行了，就像人用饼卷大葱一样吃，可香了。"豹子一听要用自己的皮包食品，吓得腿直打哆嗦。"豹子兄弟，委屈你了，你就贡献一块皮吧。""老大，我……我……我怕疼。"狮子说："老大的命令你敢不听？""我，好吧。"豹子只好撕下腿上的一块皮给狮子。狮子用豹子皮包着蜂蜜吃了，太好吃了，真有点上瘾了。于是还想吃，豹子一看这架势，还没等狮子开口就脚板涂油——溜了。这下狮子可气了，"竟然不服从我老大！你还了得！看我不抽了你的豹子筋！"狮子立即追赶豹子去了。

狼被刚才的一幕吓晕了，正在发呆呢。小山羊就对狼说："狼爷，本来你的皮更松脆，配合食品更加有口感，只是我想来想去还是先用豹子皮，这才保全你狼爷的命啊。"狼一听自己的皮更加有口感，生怕狮子回来撕自己的皮，吓得急忙逃命去了。趁这工夫，小山羊拼命往家跑去。

小飞蛾与蜘蛛

蜘蛛在墙角织了一张网,捉住了一只小飞蛾。

生死攸关之际,小飞蛾急中生智:"蜘蛛老兄,既然你有织网的本领,为什么不去捉鱼吃呢?"

"什么?捉鱼?"蜘蛛的小眼睛一下子瞪得溜圆。

"对呀!捉鱼的那玩意儿也叫网。不过,那网歪七扭八,和您这巧夺天工的网一比,差远了!"

"真的?"

"我怎么敢骗您呢?您要是到水边织一张网,准能捉到最鲜美的鱼吃。"

"那好,我这就去水边织网!捉大鱼吃去!"

蜘蛛放了小飞蛾,跑到水边贴着水面织了张网。

不幸的是,它没有捉到鱼,一个巨浪打来,那张网被打了个大窟窿。蜘蛛掉到水里,差点儿淹死。从此以后,蜘蛛学聪明了:它再也不在河面上结网了。

阿丽娅斗巫婆

有一个小姑娘名叫阿丽娅,她既美丽又聪明。

有一天,她同五位小朋友在森林里玩时迷路了。当夜幕降临时,她们看到一团明亮的火光,于是向那儿走去,走到时看到一位老太婆坐在那儿,老太婆见到她们很高兴,她拿出一些精美的蛋糕给她们吃。阿丽娅看看蛋糕再看看那老太婆,然后,悄悄地对小伙伴们说:"她是个巫婆,别吃她的蛋糕。"

"你们为什么不吃蛋糕?"老太婆见她们一动不动,十分奇怪地问。

"我们非得喝点水才能吃得下这些蛋糕。"阿丽娅说,"我们到河边去取点水。"

"噢,不行!"老太婆说。"如果你们到河边去你们会跑掉的。"

"用绳子把我们捆起来,我们就跑不了啦,你就可以放心地为我们打水喝。"阿丽娅想了想说。

"嗯,这倒是个好方法。"说着,巫婆就用绳子把这几

个小孩捆起来,"你们甭想跑!我一拉绳子就知道你们还在不在这儿。"

然后,她到河边去取水,一边走,一边拉绳子,并说:"哈哈,还在!"她又拉拉另一根绳子:"哈哈,还在!"她接着拉第三根绳子,"哈哈,那个胖姑娘还在!"而此时,阿丽娅已经解开了小伙伴的绳子,并将绳子捆在树上,六个小姑娘正在朝林子里跑去。

当那个巫婆从河边回来时,看到小女孩们都跑了,马上就念起了咒语:"在她们面前立即出现一条大河,里面还有一条鳄鱼。

话音刚落,姑娘们的前边立刻出现了一条大河,里面还有一条鳄鱼,只见阿丽娅对鳄鱼说:"大鳄鱼好朋友,请将我们背过河去吧。"

"把你们背过河去,你们给我什么好处呀。"大鳄鱼说。

"送五人过去"阿丽娅说,"你可以吃掉第六个。"

于是,大鳄鱼就将小姑娘们一个个背过河去。

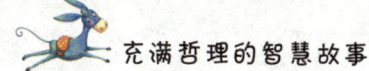 充满哲理的智慧故事

当大鳄鱼游回来要将第五个小女孩送过去时,高兴地说:"哈,这是第五个!现在我要吃掉第六个小女孩啦!"

这时,巫婆紧追在小女孩后边跑了过来,她走到河边跨上大鳄鱼的背。带到了中间时,还没等巫婆明白过来,大鳄鱼就把她一口吃掉了。

阿丽娅呢?她早已紧紧拉着鳄鱼尾巴随第五个小女孩过河了。

充满哲理的
智慧故事